Five Yards

3.

Charlotte Brontë

ASHWORTH

flower-ed

Ashworth
di Charlotte Brontë

Traduzione e cura di Alessandranna D'Auria

© 2017 flower-ed, Roma

I edizione *Five Yards* gennaio 2017

ISBN 978-88-97815-86-0

www.flower-ed.it

Ma le lacrime non danno frutto,
e io tento di non abbandonarmici.

Lettera di Charlotte Brontë a Ellen Nussey,
12 gennaio 1840

NOTA ALLA CITAZIONE

Estratta dalla Lettera 61 della classificazione Shorter, fu l'ultima lettera inviata senza l'uso della busta e senza francobollo, ma segnata col solo timbro postale PAID ONE PENNY in data 13 gennaio 1840 a *Bradford Yorks*. Il 10 gennaio 1841 furono introdotti sia l'uso della busta sia il francobollo.

PREFAZIONE

C'è un tempo per leggere, un tempo per soffrire, un tempo per scrivere. Nel 1839 Charlotte Brontë dà il suo addio ad *Angria*, il lunghissimo ciclo di racconti scritto durante tutta l'infanzia e parte dell'adolescenza. Basta sognare tanto per sognare. Basta scrivere tanto per scrivere. È ora di fare sul serio, è ora che il mondo letterario, prevalentemente in mano agli uomini, si accorga di lei. È tempo di scrivere un romanzo, uno vero, con un inizio e una fine, con un senso, con una trama.

Eccolo quel romanzo. Ma, come spesso accade, i nostri desideri non si materializzano nei nostri risultati. *Ashworth* è uno dei quattro romanzi incompiuti conosciuti fino ad oggi, ma forse sarebbe più giusto dire incompleti, forse il primo nato dall'intenzione di farne un romanzo da pubblicare e lasciato in corso d'opera in quel famigerato cassetto che conteneva le speranze di conquistarsi un posto nell'olimpo letterario e che inevitabilmente finiva per essere il dimenticatoio di scritti giudicati inadatti allo scopo.

Ancora una volta ci dedichiamo a un incompiuto per senso del dovere, per il riguardo che abbiamo nei confronti di quella piccola bimba, piccola signorina, piccola donnina infinitamente grande, grande nella sua ambizione. Oggi non ci interessa se un testo simile è lungo o breve, se è scritto nella migliore delle sintassi e adorno di eccelsa fantasia. Oggi ci interessa ancora scoprire cosa frullava nella testa di quell'anima della brughiera, come metteva su carta le sue idee appena nate, quelle idee che possiamo definire "genetiche", sempre uguali, sempre vive, sempre circolanti, difficili da abbandonare. Idee che non fecero breccia nel cuore di chi fu chiamato a giudicarle, come il poeta Wordsworth e il meno acclamato Hartley Coleridge, figlio del più celebre poeta.

Questo più degli altri tre testi incompiuti (*La storia di Willie Ellin, Emma, I Moore*) è il frutto di una preziosa ricostruzione che dobbiamo a Melodie Monahan, ricostruzione della scrittura sul nascere, composta da fogli sparsi per il mondo e riuniti per consegnarci, ancora una volta, una storia di uomini dannati e donne frivole, di amori controversi e drammi economici, di quelli che, alla fine, sono ancora figli di Angria e che nella loro incompletezza ci spingono ancora una volta a immaginare cosa e chi avrebbero potuto essere.

ASHWORTH

CAPITOLO I

Un lungo disuso della penna un tempo frequentemente impugnata mi fa sentire come se la mano avesse perduto un po' della sua abilità. Non posso nemmeno pensare con quella regolarità che nei primi tempi mi sembrava abituale. Potrei anche dolermi di un'immaginazione indebolita che ora non riesco, come in passato, a richiamare a comando, quella vivida immaginazione di ciò che desidero vedere. Il desiderio di riacquistare questi poteri che sembrano quasi perduti mi sprona a sforzarmi di nuovo nell'incombenza di comporre. Esiste un certo racconto i cui particolari ho udito spesso da diversi individui e che desidero concentrare in qualcosa che diventi una storia, la storia di coloro i cui nomi ed eventi dettagliati non provengono interamente dai miei ricordi. Non ho udito recentemente di questi avvenimenti né questi arrivarono subito al mio orecchio. Ogni scena e personaggio dei quali riferirò costituisce il soggetto di molti aneddoti raccontati durante i discorsi serali di diversi focolari casalinghi.

Il signor Ashworth era un uomo molto conosciuto in paese qualche anno fa. Ma nel West Riding dello Yorkshire, dove si compì la maggior parte delle sue gesta pubbliche, la sua storia personale resta a oggi in gran misura un mistero. Di fatto, era nativo del sud dell'Inghilterra e, in una delle contee, lo Hampshire, credo, era conosciuto come a capo di una famiglia importante e proprietaria di una vasta tenuta. La sua residenza ancestrale, come ho sentito dire, era là, un edificio pittoresco: spazioso e antico, non senza il romanticismo di una stanza nobiliare rivestita in quercia e con una galleria di quadri e una cappella privata signorile. Chiunque gradisse fare un giro nello Hampshire la può ancora visitare, sebbene isolata da città e strade principali e profondamente raccolta tra gli alberi di un elegante parco.

Alexander Ashworth Esquire[1], del quale vi sto parlando, era figlio di un padre poco amabile. Costui era un uomo infinitamente detestato da tutti i suoi vicini, di rango alto e basso, ricchi e poveri. L'aristocrazia della contea lo disprezzava per la sua estrema arroganza e una certa radicale inclinazione che caratterizzava il suo credo politico, oltre a un pregiudizio dissenziente nei confronti della religione. Sebbene andasse sempre in chiesa, era un Unitarista professato[2]. Per quanto riguarda le classi più basse, un giudice tanto severo e un tenutario tanto avaro non poteva aspettarsi di incontrarne il favore. Il signor Ashworth senior era un uomo di talento e anche influente. In caso di elezioni locali poteva sempre portare un autorevole aiuto al partito che era disposto a supportare.

Non sempre i politici litigiosi e gli uomini aspramente odiati sono molto apprezzati dalle loro stesse famiglie. Li ho saputi mettere alla prova mariti gentili e padri teneri, come se la luce del sole, che essi evitavano agli uomini, in generale fosse riversata col più gioviale effetto nel loro cuore arido e sulla famiglia. Si direbbe che vi fosse una sorta di egoismo in quella limitata benevolenza. Come ci si aspetterebbe, il signor Ashworth mostrò tardi le sue attitudini su questo punto. Era

---

[1] Esquire è un titolo nobiliare che col tempo fu associato ai proprietari terrieri.
[2] Movimento religioso che rifiutava la Trinità.

un marito eccezionalmente severo e quasi un padre innaturale. Non ho mai saputo se avesse una buona ragione per essere insoddisfatto di sua moglie. Ella era una signora irlandese di rimarchevole eleganza e dal cuore caldo e generoso, che possedeva buon umore, una natura altruista nei giorni della gioventù e della libertà, ma sottomessa nel corso della sua vita matrimoniale a una pacata serietà e al contegno, quasi a sfiorare la malinconia.

Ciò che sommamente la ostacolava erano le costanti incomprensioni esistenti già dalla prima infanzia tra il suo unico figlio, Alexander, e suo padre. Non aveva altri figli; di conseguenza, sperava in un bel legame col suo figliolo permettendogli molto più del dovuto. Costui sarebbe potuto essere un ostinato intrattabile furfante senza questa indulgenza; certamente fu così. E tra lui e il suo minaccioso padre si era mantenuta una costante guerra civile che agitava le acque di casa dalla mattina alla sera.

Tuttavia, il signor Ashworth se la cavò col notevole espediente di mandare il figlio a scuola, non perché acquisisse un'educazione, quanto perché non gli stesse tra i piedi. Fu dunque spedito a Eton, dove rimase finché venne per lui il tempo di andare al college e, dopo aver preso il diploma a Oxford, egli tornò a casa.

A questo punto, credo, egli era un giovanotto estremamente affascinante, molto alto e *distingué*[3], considerato anche un bravo studente; la verità di tale supposizione era attestata dagli allori che gli adombravano le tempie e si addensavano su di lui. Egli fece un gran figurone nella contea dello Hampshire quando tornò ad Ashworth Hall e fu molto ammirato, specialmente dalle signore. Sebbene all'apparenza fosse un tipo elegante, egli era senza

---

[3] Francese per *distinto*.

dubbio di buon carattere e c'erano parecchi racconti su di lui che non ho intenzione di ripetere ora ma che coinvolgono, nei loro oscuri dettagli, nomi dal suono più morbido abbinati al suo. Ne ricordo due: Harriet, Augusta. Al primo appartiene una storia triste, al secondo una sregolata. C'è del romantico connesso a entrambe e anche a Peccato col suo compagno, Dolore. Entrambe le signore, tuttavia, ora sono scomparse e i parenti in vita ringrazierebbero per celare fatti che è meglio sigillare nelle urne dei loro monumenti funebri.

Per qualche tempo il giovane Ashworth trascorse una vita molto pigra. Alla fine suo padre si stancò di vederlo in casa e, dopo parecchie scene di reciproca ingiuria, tirannia da un lato e insolenza dall'altro, lo spedì a Londra con l'ordine di imparare una professione, visto che egli non avrebbe più sopportato il suo atteggiamento dissoluto e stravagante.

Essendo arrivato in città, l'atteggiamento dissoluto e stravagante procedette con l'intenzione fissa di meritare gli epiteti con cui l'indulgenza paterna lo aveva adornato. Là, nel turbinoso cambiamento di vita londinese, lui e le sue gesta erano stati dimenticati. E ancora, credo, sopravvivono pochi individui ai quali il nome del signor Ashworth porti indietro a singolari ricordi. Naturalmente, diverse persone lo ricorderanno in una luce diversa secondo il momento in cui, al tempo in cui lo conobbero, era suo piacere esibire il suo carattere dai molti lati. Le loro idee cambieranno in base alla propensione delle menti e alla dimensione relativamente estesa del loro potere di calcolare e conoscere il personaggio. A qualcuno sembrava un giovane malvagio, ancora completamente schiavo di evidenti vizi, capace di apprezzare ogni cosa buona o aspirare poi a ogni cosa nobile; ad altri, un eccentrico e selvaggio individuo la cui stranezza era un costante mistero, qualche volta sembrava accompagnato da un talento superiore a comandare, altre volte, il risultato di un cervello irrimediabilmente guasto. Altri ancora non gli riconoscevano nessuna di queste condizioni ma avevano preservato una sua immagine nelle loro memorie molto diversa da quelle lasciate intendere. Questa classe di osservatori è ridotta di numero. Ho sentito solo di due tali, che un tempo pare lo avessero elevato a loro idolo e, come fedeli adoratori di falsi dèi, avevano senza dubbio investito questa divinità di una lucentezza che fu il riflesso della loro immaginazione piuttosto che la naturale emanazione di un rappresentazione di creta.

Non conosco molto della società londinese e posso solo riferire di seconda mano degli splendidi circoli in cui Alexander Ashworth fu ammesso. Se questi circoli fossero della più alta nobiltà non lo so, ma, dalle descrizioni che ho udito, possedevano un minimo di magnificenza e opulenza dell'aristocrazia, oltre a ranghi e titoli.

Qui pare che il signor Ashworth fosse una stella in movimento in una vasta orbita e non pochi erano i satelliti che seguivano il pianeta nel suo luminoso corso. Gli adempimenti del giovane erano variabili e qualcuno di loro, devo pensare, radiosi o più che tali, profondamente impressionanti. Con questi vantaggi spesso si commette un crimine. Stavo scrivendo un romanzo, non avrei dovuto. Vorrei scegliere il mio Sir Hargrave Pollexfen e il mio Sir Charles Grandison[4] e dare meno talento e cattiva sorte al primo, mentre l'altro dovrebbe essere rivestito unicamente di irresistibili grazie regali. Tuttavia, ora sto parlando di eventi reali e, come un fedele cronista, devo riferire la storia come mi fu raccontata.

---

[4] Personaggi dell'opera *Sir Charles Grandison. In a series of letters*, di Samuel Richardson (1753) in cui Pollexfen è il malvagio.

Secondo le mie fonti, il signor Ashworth eccelleva nella musica. Sembra avesse studiato e adorato l'arte con l'ardore di qualche frenetico italiano o di un sognatore tedesco. E, in società, spesso approfittava del proprio supremo talento nell'insieme caratteristico. Mi è stato descritto come levarsi improvvisamente dal centro di un gruppo di signore radunate sotto il lampadario di un salone londinese e subito, senza parlare, eseguire il suo pezzo al pianoforte. La gente era colpita e affascinata nel vedere in certi momenti il caratteristico cambiamento della sua espressione quando sedeva prima che lo strumento e i suoi occhi sollevati, blu e chiari, raccogliessero ispirazione dai quattro venti del paradiso. Naturalmente c'era un silenzio generale durante tale bizzarro movimento, un silenzio spezzato solo da profondi toni a piene corde e chiavi, sulle quali le dita di Ashworth premevano. Non conosco la musica, letteralmente nulla, e non posso fidarmi di me stessa per alcun termine tecnico per paura di commettere qualche orrendo errore. Sono imperfettamente informata su ogni nome di musicista e compositore. Penso anche di essere corretta quando dico che Weber[5], avendo più di una volta incontrato Ashworth alle feste e uditolo suonare, espresse grande gioia per la sua esibizione. Dico questo come una sorta di garanzia per l'eccellenza di ciò che non posso descrivere.

Quando il signor Ashworth suonava, le signore gradualmente si radunavano intorno a lui, e si diceva che come il numero del suo pubblico crescesse in profonde e lucenti schiere dietro di lui, così la sua energia o frenesia crescevano in proporzione. Qualche volta, disse il mio informatore, egli si voltava e vedendo i bei visi intorno, piume e soffici riccioli ondeggiare e tutti gli sguardi

---

[5] K. M. Weber (1786-1826), compositore tedesco.

seriamente fissi su di lui, egli pareva eccitato dal potere del momento e chinato in estasi sul suo strumento che poi rispondeva al suo tocco in tali toni, questi non potevano essere dimenticati subito dal più ottuso orecchio nel quale venivano riversati. Naturalmente, la gente variava la propria opinione in merito a tali esibizioni. Qualcuno disse che erano segnali di lunatismo e qualcuno di genio. Egli non si curava molto di quale opinione predominasse. Qualunque impulso lo prendesse, egli cedeva a esso, apparentemente rendendolo nel tempo più inconsapevole di quanto la sua crescente ed eccentrica stravaganza potesse sgomentare più che affascinare. Tale movimento di sguardi e singolarità ad alcuni poteva sembrare terrificante o assurdo, ma egli era davvero affascinante, con le chiare ciglia aperte e un profilo greco che nessuna smorfia poteva deformare. La presenza delle signore non sembrava frenare le sue manovre da orangotango e ho sentito dalla ragazza che poi sposò, di sue esibizioni nel più infernale degli stili.

Il suo nome era Wharton. Era di una famiglia dello Yorkshire, una gentile, gradevole signorina la cui natura ci si aspetterebbe di veder indietreggiare con orrore dinanzi a tutto ciò che era eccessivo e bizzarro. Ancora eccessiva e fantasiosa fu l'esibizione che Alexander Ashworth un giorno pensò di fare, in presenza di lei, attaccando briga col signor Arthur Macshane (il mezzo ottuso ma gentile giovane irlandese che, attraverso le buone e cattive dicerie, lo seguì a lungo dopo il suo regno di gloria). L'esibizione consisteva in un veemente e schiacciante eccesso, preceduto, accompagnato e seguito da una serie di capriole, straordinarie e implacabili, in cui un paio di gambe delle più lunghe d'Inghilterra, fatte per evoluzioni che avrebbero onorato un saltimbanco, si rivelarono una vera disgrazia per il figlio di un gentiluomo. La signora Wharton e un'altra signora rimasero stupite e spaventate. Quando Ashworth finì il pezzo, si voltò verso di loro con un sorriso di serena dignità, abbastanza simile a quelli che illuminavano le piume della signora Byron di Sir Charles. Mi sembra che esista una sorta di analogia tra queste scene e la selvaggia farsa religiosa che recitò su un palco dello Yorkshire molti anni dopo.

All'apice della vita di Ashworth a Londra, egli fu richiamato nello Hampshire per la morte di suo padre. Un vincolo naturale così fu spezzato, ma temo che tale divisione non sfiorò nessun sentimento naturale. Si potrebbe argomentare, tuttavia, di una lacrima che cadde sulla tomba di quell'uomo severo dal cuore di ghiaccio, solo che cadde dall'occhio della vedova. Quando il funerale finì, tutti erano contenti di dimenticarlo. Fittavoli e vicini, liberandosi del ricordo del loro vecchio signore, volsero con interesse al giovane figlio e successore. La prima domenica dopo il funerale, venne in chiesa con la madre e, appena la fece avanzare nella navata, la sua apparizione sembrò garantire speranza e aspettative che, sebbene sviluppate, non furono mai destinate a essere soddisfatte. Era vestito di un intenso nero, una tinta che ben si addiceva alla sua altezza, al fisico sottile e all'incarnato chiaro. Le sue caratteristiche erano poi composte; la loro bellezza delineata poteva essere tracciata senza interruzioni dovute all'affettazione o alle smorfie. Regnava su di esse un'espressione di pensiero solenne quasi lugubre e i suoi occhi erano rassegnati e alzati. Molte persone dicevano e pensavano che dovesse essere molto religioso perché mai videro qualcosa di più celestiale di quell'espressione durante l'intero officio, specialmente mentre l'organo suonava.

Un settimana di esperienza fu sufficiente a sopprimere la delusione. A stento le ceneri di suo padre erano fredde nella tomba di famiglia quando Ashworth si insediò come padrone di Ashworth Hall, invitando da Londra tre o quattro gentiluomini, l'élite delle sue conoscenze di città, i cui nomi devo solo ricordare per esprimerne il carattere – specie nello Yorkshire vivono ancora molti che non mancherebbero al minimo cenno immediato di ricordare l'aspetto e l'infamia di quei distinti individui. Alludo a Thaddeus Daniels, Esquire, di Castle Daniels, Irlanda; George Charles Gordon, Esquire, di Cheviot Lodge, Northumberland; Fredrick Caversham, Esquire, di Longchamps, Berkshire; e lo sfortunato signor Arthur Macshane, di nessun luogo in particolare nel mondo. C'era anche Robert King, un noto fantino e truffatore, e un Jeremiah Simpson, negoziante di stoffe che aveva molte conoscenze nel mondo della moda e, fra quelli che lo conoscevano, aveva la reputazione di un più stimato e scaltro furfante.

Prima dell'arrivo di queste persone, il signor Ashworth si era premurato di rimuovere sua madre da casa Hall; era andata in Irlanda a trascorrere un mese o due coi parenti. Al riparo da ogni possibilità di essere visto, non si preoccupò di organizzare una gestione casalinga da scapolo, ammirevolmente adatta al gusto degli ospiti e del loro intrattenitore. Lettori miei, non bisogna spaventarsi se non entrerò nel merito delle orge di quelle festose settimane. Non posso descrivere cosa non conosco. Ma sembra che esistano ancora tradizioni, dopo quasi quarant'anni, della sregolata, furiosa, irreale baldoria di allora che, notte dopo notte, risuonava attraverso i corridoi e le gallerie di Ashworth Hall. I fittavoli stupiti presto impararono cosa attendersi dal loro giovane e sfrenato signore: non si curava del loro benessere e non teneva affatto alla loro buona opinione. Tutti i suoi sforzi sembravano essere diretti solo al gran finale dello spreco delle sue sostanze per un vivere dissoluto. Trascorsi due mesi, i suoi ospiti lasciarono la Hall e lui partì con loro.

Presto giunsero notizie che essi erano diretti a Nord, a frequentare le corse di Doncaster dove King, il fantino, stava facendo un figurone. Da Doncaster, essi mossero velocemente in città. King stava facendo un figurone ma fu condannato per frode. I suoi protettori lo lasciarono nei guai, senza tanti rimorsi, infatti non era loro abitudine permettere che il contrattempo di uno causasse una sosta alla rapida avanzata del gruppo. L'intero inverno fu trascorso in città e alla fine, in primavera, Ashworth tornò nell'Hampshire.

Aveva già seminato il suo primo raccolto di querce selvatiche. Dico il suo "primo raccolto" perché dopo questo vennero molti altri tempi di semina in cui egli sparse il grano con mano generosa. Tuttavia, riposò dal lavoro e si sposò. Come ho detto prima, il nome di famiglia della sposa era Wharton, ed ella era nativa dello Yorkshire. Si suppone che i migliori sentimenti di Ashworth fossero notevoli quando la scelse. Era una donna dotata di tre o quattro qualità: grazia, sensibilità, temperamento dolce, aspetto piacevole. Non amo descrivere il suo aspetto con epiteti raggianti, non amo definirla bella o di bell'aspetto o affascinante. La descrizione di un carattere tranquillo renderebbe un'idea più accurata della sua immagine e delle sue maniere. Era piuttosto pallida, i lineamenti dolci e armoniosi. Gli occhi erano nocciola e i capelli castano chiaro. L'aria e il portamento erano nell'insieme signorili e la sua voce aveva una dolcezza di toni appropriata.

A questa signora, il signor Ashworth si attaccò molto. Non voglio dire come amante, ma come marito. Non poteva in questo caso essere accusato del peccato di incostanza, per il tempo che visse con lei; più le stava accanto, più sembrava dipendente dall'accrescerne l'influenza e la presenza in società.

Sembrò che in lei egli avesse trovato la realizzazione di uno di quei sogni che interessano ai giovani, per i quali si spende la vita a cercare senza mai trovare una creatura amabile ai loro occhi e congeniale al loro essere.

La signora Ashworth senza dubbio aveva difetti, ma erano di un genere che non diede mai noia all'esigente buon gusto del marito. Era raffinata, gentile e intelligente. Era di indole dolce e portava attorno a lei un pacifico senso di famiglia. Egli non poteva aveva cuore, ora, di rompere la calma delle sue stanze con un sacrilego tumulto che un tempo aveva risuonato sotto il loro tetto. Quelli che lo conobbero successivamente possono difficilmente credere che per cinque anni egli avesse ancorato tanto rapidamente il suo brigantino errante in una baia tanto placida, ma così era.

Qualcuno dei miei lettori potrebbe non aver mai sentito parlare del signor Ashworth e ignorare le circostanze della sua vita matrimoniale. Senza dubbio essi concluderebbero che sua moglie doveva essere stata una donna felice, vissuta sempre con un marito che lei amava molto e che era indiscutibilmente tenero e fedele. Spesso accade che quando le circostanze di un caso sembrano così chiare e sembra impossibile che ogni altra equa conclusione sia tratta al punto da colpirci al primo sguardo, noi troviamo ciononondimeno, a una più vicina ispezione, tutti in errore e che, come al solito, dall'esterno le apparenze sono ingannevoli.

La signora Ashworth era una giovane e amabile donna, sposata a un giovane, affascinante uomo talentuoso. Viveva in un'elegante dimora antica con un parco inglese attorno, verde e spazioso con nobili querce, orgoglio dell'Inghilterra, a coronare pendii calpestati da cervi, con ampi campi boschivi coltivati in una contea a sud estesa tutta attorno. Immaginate questa signora camminare sola in qualche verde sentiero tra i pascoli o i campi di grano della proprietà del marito. Non aveva accompagnatori se non un grande cane Terranova, Roland, che per la sua salute, dopo un certo periodo, fu portato alla Hall. Sicuramente, se poteste vedere il suo viso ombreggiato da quel cappello di paglia, esprimereste piacere. Ella si voltò, allarmata all'immediato cinguettio di un uccello per lo spruzzo nocciola su di lei. I suoi occhi e le guance erano bagnati di lacrime. È così vero che il più felice tra noi ha, come la signora italiana[6], la propria camera interna oscurata, con le tende a nascondere qualche pena il cui ricordo annuvola le luci della nostra vita.

Non ho detto prima che il signor Ashworth nella sua giovinezza era strano e inesplicabile? Non ho accennato che nascondeva le eccentriche fantasie della sua natura, le quali qualche volta sembravano sfiorare la frenesia di un pazzo? Il signor Ashworth dopo il suo matrimonio cambiò le proprie abitudini. Ma era possibile che avesse cambiato l'indole o le trame della sua mente? La bocca non era mai contorta con le espressioni impossibili di un Arlecchino. Non roteava o contorceva gli occhi con espressioni epilettiche. Mai spuntava all'improvviso tra gli ospiti nel salotto della moglie e, cadendo quasi sul piano, si riversava con l'anima sovraccarica di eccitazione in sforzi di incontrollata ispirazione musicale. Mai beveva o imprecava e combatteva finché un agguerrito furfante come Daniels lo credesse pazzo, né egli scaricava armi da fuoco a caso sul tavolo della cena né gettava la pala piena di cocente carbone tra i suoi amici sbalorditi, dichiarando con odiosa blasfemia che così dava loro un assaggio di quell'inferno al quale essi erano tutti scesi. Ma, vi anticipo, questo non era che uno dei capricci della sua giovinezza; fu un exploit della mezza età, una delle

---

[6] Riferimento a Elena Rosalba, protagonista del romanzo *The Italian*, di Ann Radcliffe.

sue baldorie dello Yorkshire. Queste cose, dico, non le fece. Al contrario, la sua condotta costante e arrogante era lustrata e calma, come quella di ogni gentiluomo della terra. Ma l'eccentricità che fu soppressa scaturì in un'altra forma, in qualcosa di più specifico e tormentato.

La signora Ashworth nei primi tre anni del suo matrimonio ebbe due figli maschi. Questi furono entrambi portati via dalla balia nella casa colonica della tenuta, dove restarono finché divennero dei monelli forti in salute, capaci di inseguire il pollame, le mucche e i cavalli, insieme ai piccoli rozzi rustici coi quali erano stati allevati. Chiunque si aspettava che fossero richiamati alla Hall e messi sotto la guardia delle balie, vestiti, istruiti e serviti come altri figli di gentiluomini. Ma nessuno ebbe notizie di loro. Bisogna prima ricordare che il signor Ashworth non era celebre per domandare dei figli o per esprimere il più scarso interesse sul loro benessere. In verità, la signora Ashworth fece loro qualche visita, ma ella veniva sempre a sera tarda, stava per poco, e spesso li lasciava in lacrime e con occhi tristi come se credesse di non vederli più.

Gradualmente il personale e i fittavoli cominciarono a mormorare che il signor Ashworth avesse antipatia per i suoi figli e si diceva che mai pensava di andare a trovarli da solo. All'inizio queste voci sembrarono incredibili, ma il tempo dimostrò su quale strana verità fossero fondate. Ed Edward e William Ashworth lo sperimentarono bene, nella trascuratezza e nelle privazioni della loro giovinezza e nelle lotte e negli sforzi della loro maturità. Dovrei pensare che i sentimenti del signor Ashworth scaturissero dallo stesso principio che all'imperatrice Caterina causò astio per suo figlio, Paul[7]. Qualunque fosse il motivo, era tale che lo influenzò per tutta la vita: egli non riconobbe mai i suoi figli, mai parlò di loro, mai offrì un sussidio di un quarto di penny. Come il signor Edward era abituato a dire, quando sedeva nel suo ufficio dello Yorkshire, imbrattando il libro mastro e calcolando i suoi profitti dell'anno: non lasciava che nessuno gli parlasse di suo padre. Era figlio del proprio lavoro. Chi lo aiutò ad avviarsi agli affari? Chi gli diede un capitale quando divenne un lavoratore a cottimo? Era grato di dire di non dovere a quel vecchio, avariato furfante nello Hampshire quanto pagherebbe il salario di un'ora a un rappezzatore nel suo mulino.

Penso di aver detto abbastanza per dimostrare che la signora Ashworth, essendo come l'ho descritta una donna di sentimenti e tenerezza, non poteva essere totalmente felice. Per quanto amasse il marito, la natura la spinse anche ad amare i suoi figli e forse con il più doloroso intenso affetto, giacché un così strano ostacolo fu teso tra loro e lei e un rigoroso ordine contro la sua rimozione.

A quattro anni dal matrimonio ebbe un altro figlio. Il signor Ashworth, informato della nascita, chiese se fosse maschio o femmina. La balia rispose: una femmina. Una specie di nuvola sembrò passargli sul viso e disse: "Deve restare qui ed essere accudita a casa". Quando questa notizia fu data alla madre ella fu piacevolmente sorpresa. La sua espressione cambiò. Sembrò rinascere come se pensasse a una seconda chiamata alla vita. Era stata tanto tradita dalle sue passate sofferenze che in quel momento di piacere per un presente benedetto ella non avrebbe mai confessato le sue

---

[7] Caterina II di Russia (1729-96), madre di Paul Petrovich, del quale non si conosce la paternità sicura e che fu allontanato dalla madre dalla zarina Elisabetta.

lamentele e le lacrime. La signora Ashworth era una di quelle persone che alla fine avrebbe sorriso al veleno nella tazza se tenuta dalla mano che ella amava.

Il giorno del castigo era vicino.

È inutile perdere tempo a parlare per vie traverse. Ashworth amava la sua Mary tanto quanto un uomo abbia mai amato una donna. Le aveva perforato il cuore ma non sapeva quanto fosse profonda la ferita. Chi poteva pensare che una tale calma esteriore nascondesse dolori mortali? Visse in un sogno accanto a lei, come gli uomini fanno accanto a coloro che adorano. Ma "il tempo per dormire per lui era trascorso"[8]. Nel suo sogno aveva camminato con un angelo nella terra di Beulah. Ora era, come Bunyan[9], sveglio a cercare se stesso solo nel [indecifrato nel testo originale] e deserto.

Ella morì serenamente una sera d'estate dopo che il signor Ashworth, a sua richiesta, l'aveva alzata dal cuscino tenendola tra le braccia a guardare il tramonto dalla finestra. Ella si volse al bagliore rosso del cielo, lasciò cadere la testa sulla spalla di lui, e con breve sforzo, spirò.

La signora Ashworth fu pianta molto. Aveva avuto pochi nemici nel corso della vita e molti amici. I suoi inservienti e le sue conoscenze la rimpiansero. I suoi figli erano ancora troppo piccoli per interessarsi della perdita, ma suo marito ricevette uno shock dall'evento, la cui severità fu attestata dal grande mutamento che apportò nel corso della vita restante. Il suo cuore fu spezzato, ma il suo vigore non si estinse. Amava più di prima, quasi con insano ardore, ma egli

---

[8] Citazione non identificata.
[9] J. Bunyan (1628-1688), scrittore e predicatore inglese.

"Mai trovò un'altra
Per liberare il suo cuore vuoto dalla brama"[10]

Quell'attaccamento alla casa, che costituiva un piacevole lato del suo carattere durante la vita della moglie, morì con lei. La poetica tenerezza della sua natura, che aveva sempre profuso attorno a lei, sembrò seguire l'oggetto alla tomba per essere sepolta là, sotto lo stesso pesante marmo che affondava i suoi resti. Chi vide tenerezza in lui dopo la sua morte? Nessuno, a meno che non fosse la piccola bimba privata della madre a cui la signora Ashworth aveva dato il lutto, il suo nome e la benedizione.

Le disgrazie non vengono mai sole. Ashworth aveva saputo da tempo di essere un uomo rovinato e, dopo un mese dalla morte della moglie, l'intero mondo lo seppe. Ho menzionato la stravaganza sregolata della sua giovinezza; quella stravaganza aveva, anche prima della sua successione alla proprietà, completamente minato l'eredità. Fino ad ora aveva escogitato come ritardare quella catastrofe che sapeva sarebbe avvenuta e visse a lungo in segreta miseria nella prospettiva della distruzione che doveva coinvolgere quanto gli era più caro di se stesso. Ella ora non c'era più. Egli subito rilassò i nervi stanchi che erano stati attenti a quella rovina. La valanga scivolò verso il basso; tutto fu sommerso dalla sua discesa. Ashworth fu dichiarato insolvente; la sua prosperità fu divisa dai creditori e un'esecuzione spogliò i muri di Ashworth Hall. Sua madre, che viveva ancora, prese in cura i suoi figli. Fu un bene, perché lui sembrava aver dimenticato la loro esistenza. Per se stesso, non sentendo alcun richiamo a restare sotto il tetto dove "tutti gli dèi della

---

[10] Citazione ripresa dall'ode *Fare Thee Well* di Lord Byron, oppure dal poema *Christabel* di Samuel Taylor Coleridge.

sua proprietà tremavano attorno a lui"[11], lasciò i dintorni e scomparve nessuno sa dove. Così concludo il primo capitolo della vita di Alexander Ashworth. Contiene tre eventi, tutti importanti: nascita, matrimonio, bancarotta.

---

[11] Citazione da una lettera di Lord Byron all'amico Moore, 1818

CAPITOLO II

L'ultima frase sembra indicare che stia scrivendo proprio la biografia di questo gentiluomo, ma, se i miei lettori pensano così, si troveranno in errore. La biografia non è il mio forte e specialmente la biografia di un individuo simile. Avevo pensato di sedermi a compilare una vita sistematica di Lord Brougham[12]. Ciò che un *ignis fatuus*[13], portatore della sua lanterna tra i muschi della brughiera per luoghi impraticabili, può attendersi seguendo le impronte di un tale giramondo. Mi perderei se tentassi di avventurarmi nelle tenebre selvagge dove scorgo la sua luce errante splendere, per un istante, su stagni di canne tra le quali guizzare. No, lettore, se mi segui devi prendere la via maestra, la ferrovia attraverso Chat Moss. Parleremo con tutti quelli che incontreremo e, qualche volta, a tratti, Ashworth con la sua luce guizzerà sul nostro cammino, forse fermandosi e voltandosi due o tre volte con strane giravolte per poi scivolare dove non potremo mai seguirlo.

Ho poco da dire dei quindici anni che seguirono la morte della signora Ashworth. Per la vita di un uomo sembra molto tempo da trascorrere, quasi in silenzio, e d'altronde fu di gran lunga il periodo più entusiasmante e movimentato dell'esistenza di Alexander. Ma lo ripeto: non posso seguirlo

---

[12] Politico Whig, (1778-1868).
[13] Latino per *fuoco fatuo*.

in quella strana politica commerciale di speculazioni che d'ora in poi darà al suo creatore un posto negli annali storici dei suoi tempi.

Le contee dell'Inghilterra settentrionale furono scenario dei suoi exploit; dal tempo della bancarotta era scomparso al sud. Si era tuffato sott'acqua per riemergere lontano dal punto in cui era sparito. Ma egli non aveva cambiato solo il luogo. Il suo carattere, il suo aspetto, la condotta, tutto sembrava aver subito una totale trasformazione. Lasciò Ashworth nell'Hampshire da gentiluomo, aristocratico nell'aspetto, nel linguaggio, nei modi, nei gusti, nei sentimenti, nelle abitudini, nei pregiudizi. Trascorsero a malapena tre mesi quando arrivò a Strafford's Arm Inn a Wakefield, Yorkshire, vestito con un soprabito verde di Newmarket[14], pantaloni di velluto bianchi e stivali da equitazione, montando un vivace cavallo, seguito da un numeroso gregge. Circa tre mandriani erano al suo seguito, e al suo fianco cavalcavano quattro gentiluomini da identificare in coloro che in passato avevano avuto l'onore della sua compagnia, ossia Thaddeus Daniels, Esquire; George Charles Gordon, Esquire; Arthur Macshane, Esquire; e Robert King, Esquire. L'ultimo gentiluomo citato lo lasciammo vent'anni fa nei guai a Doncaster.

Thaddeus Daniels era, come dissi prima, un gentiluomo irlandese, un uomo vigoroso di corpo e di mente ma macchiato nell'onore, e uno i cui principi morali erano stati appresi alla scuola dei Rivoluzionari francesi. Sua moglie era quella Harriet il cui nome menzionai per essere stato coinvolto all'ombra dei primi vizi di Alexander Ashworth. Daniels conosceva tutta la storia, tuttavia non ebbe scrupoli a sposarla. Ma dopo il matrimonio la trattò con molta crudeltà.

---

[14] Newmarket Coat, distretto tessile del West Suffolk.

Era una donna il cui sfortunato destino sembrava essere stato illuminato da pochi lampi di felicità. La sua infanzia fu resa miserabile dalla severità della matrigna. Quando crebbe, una colpa fatale distrusse la sua serenità per sempre. La miseria della sua vita matrimoniale la spinse alla frenesia. Ripeté l'errore che le era costato tanto caro, e una morte triste e solitaria fu l'espiazione che ne insultò la coscienza e un cuore spezzato dal doppio peccato.

Il signor Daniels era otto anni più grande del signor Ashworth. Fu lui, insieme a Robert King, ad avergli dato le prime lezioni sul vizio, lezioni apprese tanto bene che ora l'allievo superava i maestri ed era pronto a eseguire piani che essi osavano appena progettare. La fortunata eredità di Daniels andò perduta e lo stesso fu per Ashworth. Pertanto fu abbastanza pronto a unirsi a lui, anima e cuore, nelle speculazioni per riguadagnare le loro proprietà alienate, una speculazione audace nello sfruttare ciarlataneria politica e frode commerciale senza pari rispetto ai precedenti fatti della nostra storia.

Ho detto che il padre di Ashworth in politica fu un radicale. Lo stesso Ashworth, in giovinezza e durante il matrimonio, sembrò non preoccuparsi di quelle cose. Egli non sposò alcun partito ma parlava con eguale disprezzo di Whig e Tory, governo e opposizione. Ma dopo quell'evento che ne scalfì i più onesti sentimenti e agitò tempestosamente i principi problematici del proprio essere, egli sfruttò l'inclinazione del suo spirito, anche disprezzando tutti i poteri conosciuti e le istituzioni esistenti, andando avanti allo stesso tempo come un feroce e dichiarato Repubblicano. Qui Daniels poté accesamente cooperare con lui. La stessa scuola continentale che gli aveva insegnato il codice morale gli donò anche una propensione alla politica: era un discepolo di

Barras e Mirabeau[15]. Molti lati del carattere irlandese e francese sono congeniali. Ferocia, slealtà e turbolenza sono forti caratteristiche di entrambe le nazioni. Daniels le combinò tutte alla perfezione, aggiungendo un fallace attributo di temeraria gaiezza animalesca. Non ho ancora detto nulla di Gordon e Macshane. Erano entrambi furfanti, e furfanti senza soldi, per giunta. La diversità del loro carattere consisteva nella più cupa malignità in Gordon e nel senso d'onore dell'ultimo dei gentiluomini in Macshane. Anche lui era irlandese e aveva anche avuto il vantaggio di un'educazione gallese. Vi darò una precisa idea della raffinatezza delle sue qualità morali quando dico che Harriet, moglie di Daniels e amante di Ashworht, era la sorella di Arthur Macshane. Alla fine egli sapeva che era stata rovinata da un brutale maltrattamento del primo, tuttavia non ebbe scrupoli a diventare il compagno di uno e il camerata dell'altro. Nonostante questo, Macshane era un uomo migliore di Daniels e Gordon. Era di cuore generoso e sentimenti calorosi, qualità di cui gli altri due erano totalmente privi. Cosa posso dire di Robert King? Era basso, mediocre d'aspetto, che non sfoggiava eleganza o forza fisica come i suoi aristocratici compagni, ma che fece della propria astuzia la forza degli altri. Mi pare di vedere quell'individuo proprio ora. Era basso e qualcosa sembrava incurvargli le spalle. Aveva una brutta espressione, il naso era lungo, quasi da ebreo, gli occhi vicini e piccoli, i capelli rossissimi. Era un uomo di talento nel suo campo. Ashworth apprezzava le sue abilità e lo tenne vicino per molti anni.

Questi erano gli individui che Alexander Ashworth scelse per le sue frequentazioni nel triplice ruolo di

---

[15] Paul Comte de Barras (1755-1829) e H. G. Victor Riqueti Comte de Mirabeau (1749-1771), rivoluzionari francesi.

demagogo, mandriano e fantino. Come nei tempi passati egli era la guida. Era Satana – essi il Beelzebub, il Belial, il Moloch e il Mammon. Ora, cosa serve che vi dica ancora delle carriere di questi eroi nei paesi del nord, nel Lancashire, Yorkshire, Westmoreland, Cumberland, Durham e Northumberland, delle loro partecipazioni a fiere e mercati, delle loro trattative all'ingrosso di bestiame e cavalli, del loro declamare politico e dell'arringare per le strade? Esiste un anziano allevatore a Craven, un commerciante di cavalli in pensione nell'East Riding, un contadino sessantenne in ogni provincia del nord di Huncher che può riferire meglio di me di quella grossa banda di truffatori di Ashworth e compagnia, e che non sappia descrivere l'aspetto dei capi di quella società quando cavalcavano accanto alle loro grandi mandrie? Ashworth, un uomo alto, elegante e audacissimo fantino; Daniels, più pesante, più scuro, più robusto; Gordon, scontroso con sopracciglia dritte e nere; Macshane un individuo spericolato dai capelli ricci e i baffi rossi. Anche molti mercanti che vivevano a Leeds, Manchester e Liverpool possono ricordare le cene d'affari date da Ashworth; le barbare rivolte delle tavole alle quali presidiò, le proprie imprese nel bere, le sue imprecazioni, il suo strano, utopistico parlare, i capricci barbari, i discorsi blasfemi e sediziosi del dopocena. Queste cose non furono dimenticate e mai lo saranno. Ashworth era un uomo popolare nei distretti commerciali. Gli sporchi, ingegnosi ingranaggi di Manchester e del West Riding nello Yorkshire lo adoravano. Disseminò il veleno delle nozioni atee e repubblicane attraverso i loro mulini e le filande e, in quei sinistri templi, egli fu innalzato come un dio al quale essi volentieri si prostravano. Anche Daniels era ammirato; i suoi talenti conviviali lo raccomandavano a tutte le cene pubbliche.

Sapeva bene come travestire un cuore traditore sotto le spoglie di un gioviale gentiluomo irlandese.

Non ho ancora toccato l'argomento dell'esperienza religiosa del signor Ashworth. Fu durante un attacco di *delirium tremens*, il risultato di qualche settimana di dissolutezza sfrenata, che egli prese a predicare e pregare con fanatico fervore in ogni città, villaggio e borgo che incontrava sul suo cammino. La sua dottrina variava dal più basso Arminianesimo al più estremo Calvinismo[16]. La foga sfrenata e la sua eloquenza fecero molte conversioni, il cui zelo, tuttavia, fu ben presto raffreddato dall'ubriachezza e dalla dissolutezza del loro apostolo. Questo spasmo durò più di un mese. Si manifestò, tuttavia, a intervalli nei periodi seguenti della sua vita. Tale è il breve schizzo degli eventi avvenuti nell'arco di quei quindici anni, omettendo solo qualche passaggio in merito a errori personali che guastarono la pace di più di una famiglia e fecero conoscere il dolore a cuori tristi che fino ad allora erano stati estranei a quei tetri ospiti. Prima di allora, Alexander Ashworth aveva risposto a tutte queste accuse in tribunale dove le sue grandi doti, lontane dall'avallare l'ottenimento di un'assoluzione, raddoppiarono solo il peso della sua giusta condanna.

E ora il lettore ricorderà che, quando morì, la signora Ashworth lasciò tre figli, il più grande dei quali aveva appena quattro anni. Cosa ne fu di loro tre? Dove e chi sono? Edward e William furono mandati dalla nonna in una scuola

---

[16] Movimento religioso protestante nato dal teologo Jehan Calvin (1509-64) il cui credo proibiva la venerazione delle immagini religiose. Arminianesimo, altro movimento religioso nato dall'olandese Jacobus Arminius (1560-1609), che poneva la Bibbia al centro della fede e prendendola come unica regola da seguire.

pubblica – Harrow credo. Se ella fosse vissuta, costoro probabilmente si sarebbero trasferiti di là a delle università. La sua morte, tuttavia, impedì questa disposizione. Edward il più grande, si diede a una vita difficile da studente senza molti danni né ai suoi interessi né alla salute. Non ho mai sentito dire che fosse amato a Harrow o che costituisse una qualche sorta di amicizia sentimentale alla Oreste e Pilade[17] tra i suoi compagni. Probabilmente non aveva propensione per quel tipo di legami. Anche se fossero originariamente esistiti nella sua natura i semi di un tenero affetto, il fato aveva ordinato che non avessero alcuna possibilità di essere coltivati. Non aveva casa, padre e madre. È vero, aveva una nonna che sembrava disposta a trattarlo gentilmente, ma forse c'era mancanza di comprensione tra i loro caratteri, perciò nessuno vide mai ricambiare la sua gentilezza con lo stesso livello di gratitudine. Doveva aver amato la sorellina ma non ebbe possibilità di mostrarle il proprio rispetto, poiché ella fu separata da lui il giorno della nascita. Tuttavia, aveva un fratello, un solo fratello più giovane di un anno. Probabilmente tutti i sentimenti legati alla sua natura erano concentrati qui. Se così, c'era una predisposizione molto profonda per parole e gesti – di cui nessuno scoprì l'esistenza. Di conseguenza, indisturbato da sentimentalismi, Edward Ashworth crebbe forte e coraggioso: ben fatto, non molto alto per il suo peso, con fattezze proporzionate in base alla sua statura e un aspetto la cui espressione si interpretava in modo vario secondo l'umore di quelli che lo studiavano. Lo si potrebbe definire diligente e padrone di sé o egoista, insolente e insensibile. Nessuno, tuttavia, potrebbe

---

[17] Cugini e amici inseparabili nelle vicende del mito di Agamennone e Clitemnestra. Sembra una di quelle citazioni ricorrenti di Charlotte, usato anche nel capitolo I de *Il professore*.

negare un'intelligenza attiva e un talento pronto, sebbene qualcuno non riuscisse a percepire le tracce di sentimenti di generosità e onore cavalleresco. Edward portò a termine gli studi. Egli non aspirava alla considerazione né degli insegnanti né dei compagni, ma entrambi lo temevano. Era un ragazzo pericoloso, sempre incline all'insoddisfazione e alla ribellione, oltrepassava costantemente i limiti trasferendo abilmente la punizione dovutagli sulle spalle di qualche miserabile facchino. Non aveva inclinazione per l'apprendimento e mai aspirò a conquistare onori.

William Ashworth differiva considerevolmente da Edward, anche se era un po' più apprezzato. Era più tranquillo nei modi ma non molto cordiale di sentimenti. Il suo temperamento non era tanto violento, era freddo e ben controllato. Non aveva la disposizione di Edward per la prepotenza e le liti perché non era muscoloso. Una volta o due, quando fu costretto a scontrarsi con un ragazzo più forte di lu, fu sottoposto a una terribile punizione, con accanimento e silenzio indiano. Il suo forte stava nella resistenza piuttosto che nell'azione. A prima vista, si sarebbe detto che William fosse un ragazzo amabile, perché chiaro di pelle, con riccioli chiari e occhi di un pregevole celeste. Ma subito si scopriva la mancanza di candore, di apertura e franchezza caratteriale. Non rivelava niente dei propri sentimenti. Le sue osservazioni su quelli degli altri erano ciniche e beffarde. Poi tendeva alla solitudine, sgradevole e innaturale per uno studente. Da questo punto di vista era peggiore di Edward, che non evitò mai i compagni (però quando stava con loro, litigava spesso). Pare che durante un pomeriggio libero, William fosse andato in cerca di solitudine, e niente destò i suoi sensi assopiti con odio profondo quanto l'essere seguito dai compagni. Se uno dei suoi nascondigli veniva scoperto, egli lo abbandonava per non tornarci più e vagava in cerca di un altro luogo più remoto per riposare. William differiva da Edward per essere piuttosto appassionato di libri, tuttavia non per lo studio, perché in questo era distratto e indifferente. Egli cercava con ansia letteratura di vario genere e, quando prendeva un libro che gli piaceva, ci si coricava insieme per ore, nell'ombra, perso nella lettura. Questo, tuttavia, era un atteggiamento amato quando non aveva libri o niente da fare se non guardare le nuvole e il cielo, tra le sfavillanti foglie di un albero.

William ed Edward non si tenevano compagnia. Avevano litigato e combattuto più di una volta ed Edward, essendo il più forte, aveva gravemente percosso William. Non sempre osservava le regole di un leale combattimento. In una o due occasioni dopo la prima provocazione, quando il fratellino era in suo potere, dopo che lo aveva messo a terra, egli colpiva e colpiva e colpiva ancora finché il sangue non sgorgava dal naso e dalla bocca di William. Questo modo di fare era ereditario, derivato dal suo amabile nonno, forse accuratamente conservato nella memoria del giovane gentiluomo che lo ereditò, tra le cui numerose brillanti qualità non ho mai sentito menzionare la prontezza a perdonare.

Quando Edward aveva diciotto anni e William diciassette, la nonna morì. Non lasciò loro fortune, perché il suo patrimonio andò al figlio. Le loro risorse cessarono di colpo; non avevano intenzione di restare a lungo a Harrow. Entrambi di conseguenza lasciarono la scuola con un modesto guardaroba e la piccola somma di una sovrana e qualche scellino ciascuno. Non trovarono la strada segnata nel mondo, nessuna professione aperta alle loro ambizioni, nessun parente che si offrisse di dar loro una mano. I giovani erano soli, e sotto queste prerogative presto scesero nell'oscurità, tuffati, come loro padre, nel peggior baratro che egli potesse mai conoscere, un baratro preparato per loro dalla totale inesperienza e dalla miseria. Essi strinsero le mani alla povertà. Avversità opprimenti, povertà, fame e quasi nudità erano i doni che ella mise loro in seno. Li lasciamo così per un momento, nell'oscurità e col vuoto attorno. I tuffatori possano riemergere alla luce del giorno il prima possibile, portando perle nelle mani, quelle che si trovano nei tetri mari delle avversità.

Parliamo ora della ragazza. È come se passassimo da due piante in salute radicate in controvento sulla collina a un fiore attentamente coltivato sotto una serra. E potrei ancora richiamare quella metafora, perché la signorina Ashworth, come i fratelli, non aveva mai conosciuto tanta attenzione e affezione quanto un parente ne possa donare. Anche lei era stata mandata presto a scuola e la differenza tra la sua vita e quella dei fratelli è quella che esiste tra una scuola pubblica per giovani gentiluomini e un'istituzione privata di prima qualità per signorine a Londra. La signorina Ashworh di rado era visitata da amici, era sempre trattata con rispetto sia dai direttori, sia dagli insegnanti, sia dalle compagne, poiché le erano state assegnate doti sontuose e numerose, e i suoi abiti con gli accessori erano del tipo più recherché e costoso. Suo padre di rado andava a trovarla ma quando arrivava la carrozza, gli eleganti cavalli, il suo aspetto molto distinto non fallirono mai nell'impressionare profondamente le padrone dell'istituto di prima classe. Si debba ricordare che il signor Ashworth si stava arricchendo di nuovo. Aveva ricomprato Ashworth Hall e vi stava aggiungendo delle proprietà nello Yorkshire. Anche senza questi vantaggi, è possibile che il portamento e la condotta della signorina Ashworth le assicurassero un livello di considerazione da parte di chi la circondava. Scelgo il termine "considerazione" preferendolo a quello più cordiale di "affezione" o "attaccamento" perché la giovane signora aveva la reputazione di essere creduta fiera e riservata. Non è difficile che in tale inclinazione somigliasse al fratello William. Di certo era riservata. Non rivelava segreti, non cercava amiche del cuore. C'era un bel lato del suo carattere. Sebbene timida e distante dalle compagne più grandi e impetuose, di solito era gentile con le più giovani meno in vista. La sua gentilezza era certamente di natura tranquilla e di rado la esibiva, eccetto quando queste compagne erano in difficoltà o afflitte. Ma se c'era una lezione difficile da imparare o una punizione da temere ed evitare, la signorina Ashworth era generalmente disposta a fare quanto in suo potere per i sofferenti. Ancora, se qualche segno di tirannia veniva ostentato dalle signorine più grandi, la sua parola raramente mancava di condannare quel dispotismo.

La signorina Ashworth era stata un'allieva problematica, una bambina viziata di sei anni, molto testarda e intrattabile quando fu portata a scuola la prima volta. Ma quando crebbe divenne più tranquilla ed educata, molto assidua negli studi; infatti, non le davano problemi, poiché aveva notevoli ottime capacità. Aveva specialmente un particolare talento per la musica, probabilmente ereditario. Da quest'arte sembrava cogliere un piacere profondo e intimo, e il suo insegnante, un noto professionista, presto la dichiarò orgoglio della propria anima. Gradualmente la signorina Ashworth fu elevata a una delle *prima donnas* della scuola. L'orgoglio della direttrice verso di lei crebbe per il suo aspetto e i risultati che portarono grande credito all'istituto. In più, sebbene molti rispettassero la signorina Ashworth, pochi l'amavano. Ella sembrava incurante della considerazione della maggior parte di queste persone per lei. Se tale trascuratezza fosse il risultato di cuore freddo e mancanza di sentimenti o se avesse un'altra fonte, sarà nostro compito domandarcelo d'ora in poi.

La signorina Ashworth aveva quasi compiuto sedici anni. Voci dicevano che questo sarebbe stato il suo ultimo semestre a scuola. Le vacanze di Natale erano arrivate. L'indomani tutte le scuole di Londra avrebbero chiuso, e quella era la sera dell'esame di pianoforte e della distribuzione dei premi. Narrazione e *didactis*[18] sono sufficienti: ora devo arrivare al punto e tentare di illustrare il personaggio con l'occasionale introduzione di scene e dialoghi. Non mi addentrerò nella spaziosa classe o nella splendente sala dell'istituto della signorina Turner dove era radunata una gioiosa compagnia, e venti signorine vestite elegantemente si davano arie per le loro abilità ricevendo i premi per gli esercizi del semestre. Il suono profondo del grande pianoforte si diffondeva in tutta la casa. C'era un rumore di risate e molte voci di gaiezza generale al piano terra, ma mentre questo carnevale regnava al piano inferiore, il silenzio riempiva le camere di sopra. In una di queste bruciava una sola candela. La sua luce, sebbene debole, illuminava le tracce di bagagli in preparazione, sparsi su letti, sedie e scatole per disegni. Contenitori di ogni genere ingombravano il pavimento. Una delle serve detta mezza pensionante stava in ginocchio al centro della stanza alacremente impegnata nell'imballare un grande baule di setola. Raffiche di pioggia colpivano i vetri della finestra dando l'impressione che fosse una piovosa notte di dicembre.

Trascorse un'ora durante la quale il lavoro di imballaggio procedeva silenzioso e veloce. Nessuno apparve nella stanza

---

[18] Latino per *didattica*.

se non quella mezza pensionante che qualche volta usciva per cercare le cose mancanti nelle altre camere. La sua candela poi svanì con lei e alle sue spalle tutto rimase al buio e in silenzio. Ma la scena stava per cambiare. Si udì l'aprirsi delle porte al piano di sotto e uno scoppio di voci risuonò attraverso il corridoio. L'esame era finito e le allieve erano libere. Si udì salire velocemente i gradini dello scalone, il corridoio si riempì e arrivarono ridendo e saltellando nella camera da letto. La maggior parte di loro erano ragazze alte ed eleganti, l'élite della scuola, tutte abbigliate elegantemente nei loro abiti da sera. Abiti dorati e di satin si muovevano rapidamente dietro la mezza pensionante che sfacchinava ancora inginocchiata sul pavimento, mostrando il poco lusinghiero contrasto del suo abito di merino scuro contornato solo da uno stretto pizzo a pieghe. Le signorine non fecero caso a questa persona che non era del loro rango e si radunarono in gruppi presso le loro tolette accanto alle finestre. La stanza si riempì del vocio e nel mormorio generale, si potevano afferrare solo parole qua e là.

«Bene, sono così felice che sia finita! Tremavo quando dovevo eseguire quella sonata. L'ho fatta bene?»

«Oh sì, e io ho recitato bene quella scena di Racine[19]? Ho pronunciato con un bell'accento?»

«Sì, eccellente, ma penso sia stato abominevole da parte della signorina Turner non darmi un premio per la musica. Lo dirò a papà quando tornerò a casa e non penso che mi permetterà di tornare».

«Oh, c'è tanto favoritismo. Mamma dice che disapprova le scuole con questi metodi».

---

[19] J. Racine (1639-99), scrittore teatrale francese.

«Vostra madre si sbaglia allora» interruppe un'altra signorina di aspetto maestoso. «Penso che la signorina Turner abbia distribuito i premi molto onestamente».

«Sì, ella non vi trascura mai, signorina De Capell. Siete una delle favorite».

La signorina De Capell si voltò con aria di tacito sdegno e continuò la conversazione nella quale prima era stata impegnata con due signorine dai capelli scuri, ragazze che sembravano spagnole, alle quali si rivolse coi nomi di Julia e Harriet Daniels e che infatti erano nient'altro che le figlie di Thaddeus Daniels, Esquire. La conversazione corse soprattutto su cosa fosse accaduto durante l'esame e sui vestiti e l'aspetto di chi aveva ricevuto i premi. Furono anche scambiati complimenti reciproci.

«Stavi così bene, Amelia, quando sei andata a prendere il premio per il disegno, abbastanza disinvolta».

«Sciocchezze, Harriet, non tanto bene quanto te. Quell'abito di mussolina rosa si addice al tuo incarnato perfettamente. A proposito, cosa pensi della signorina Ashworth?»

«Oh, non so. Sempre uguale, sembra orgogliosa».

«Sempre così, ma è molto cortese. Che grossi premi ha ricevuto!»

«State partendo per questo semestre, suppongo, signorina De Capell?»

«Sì».

«Vi incontrerete quando sarete nello Yorkshire?»

«Non so. Forse gli Ashworth potrebbero stabilirsi nell'Hampshire, ma devo chiedere a quella mezza pensionante se ha fatto bene i miei bagagli».

L'altera signorina De Capell si avviò verso la sguattera e glielo chiese.

«Hall, hai messo via il mio scrittoio?»

«Sì».

«La mia scatola da lavoro?»

«Sì».

«Non la mia borsa da toletta, spero?»

«Sì, in fondo al baule».

«Quanto sei stupida! Dovevi assicurarti che potessi volerla. Sei pregata di metterla fuori di nuovo».

«Dovrò svuotare l'intero bagaglio ed è legato con le corde» disse la mezza pensionante.

«Non posso farci niente» fu la replica arrogante. «Devo avere la mia borsa da toletta».

La sguattera interruppe il proprio lavoro. Rispose guardando a terra.

«Lo credo irragionevole, signorina De Capell. Ho molto da fare».

«Suppongo sia tuo compito servirci» ribatté l'altra, evidentemente una bimba ricca e viziata. «Sarai abbastanza gentile da farmi il favore, o troverò necessario lamentarmi con la signorina Turner».

La mezza pensionante fece come le fu ordinato e con dita frettolose procedette a sciogliere le ruvide e dure corde che aveva chiuso in fretta con difficoltà.

Amelia De Capell tornò dalle sue compagne.

«Oh» disse a mani giunte come se un'improvvisa estasi cambiasse le sue sensazioni spazzando via ogni ricordo di Hall, la sguattera. «Oh, che delizia sarà domani quando la carrozza, la nostra carrozza, arriverà alla porta e papà ne scenderà, e Nicholson suonerà il campanello e rimbomberà il battente. Poi vi saluterò tutte e siederò sul barouche, affianco a papà, ci congederemo di corsa da Kensington e via verso il circospetto Yorkshire e la dolce De Capell Hall!»

La signorina Amelia era una bella ragazza in fiore, sembrava bella quando i suoi occhi brillavano in prospettiva di un piacere. Pochi infatti potevano attendersi aspettative più luminose di quanto ella progettasse. Era figlia unica e destinata a essere una ricca ereditiera[20]. Suo padre, malgrado il nome aristocratico, era un uomo d'affari – un mercante – ma uno di quei mercanti che sembravano principi. Il suo stile di vita, la casa, la carrozza, i cavalli, i servitori potevano rivaleggiare con quelli di un nobiluomo. I miei lettori non devono supporre dalla breve scena appena descritta che la signorina Amelia fosse di carattere difficile o una persona spiacevole. Sua madre era molto vanitosa e insulsa e le era stato insegnato fin dalla prima infanzia che gli inferiori erano persone da tenere a distanza e trattare arrogantemente. La compiacenza e l'adulazione di una larga cerchia di ricche relazioni le avevano insegnato a considerarsi incomparabile. Sotto queste prospettive, c'era solo il suo naturale buon umore, la bellezza, e una certa porzione di saggezza a impedirle di diventare insopportabile.

La signorina De Capell e la signorina Ashworth non erano mai andate d'accordo. Il loro orgoglio reciproco le aveva tenute a distanza. Ma la signorina Ashworth non aveva i difetti della signorina De Capell. Non era mai stata rovinata dalla stolta adulazione dei parenti. Poi, il suo intelletto era decisamente di categoria superiore e le sue predisposizioni sentimentali molto diverse. Aveva l'abitudine di pensare da sé, di ponderare i problemi della natura umana. Era più originale e infinitamente poco vanitosa. A dire il vero, non posso proprio dire come fosse ma la metterò sul palco e la lascerò parlare da sola.

La camera da letto era ancora deserta quando al piano di sotto suonò il campanello, radunando tutta la scuola per

---

[20] In realtà nel capitolo IV si dice che Amelia ha due fratelli maggiori, John e Thornton.

cena. Anche la mezza pensionante si risposò per un momento dal suo infinito impacchettare e, sebbene ella non fosse scesa giù con le altre, il bicchiere di latte e il piatto col pane le erano stati portati, e se ne stava seduta su uno dei bagagli, mangiando il pasto lentamente e pensierosamente. Anche un'altra signorina era rimasta indietro. Se ne stava ai piedi di uno di quei baldacchini bianchi, e teneva la testa curva su un brillante volume rilegato, uno dei suoi premi del quale sembra stesse esaminando le incisioni. Lo chiuse e si alzò.

«Signorina Hall» disse, «avete preparato i miei bauli?»

«Sì».

«Forse potete fare spazio per questi libri? Se le scatole sono già chiuse potrebbero essere messi nei bauli della carrozza».

«Posso fare spazio facilmente» rispose la signorina Hall in tono allegro e si alzò alacremente per aprire uno dei grandi bauli armadio, procedendo a metter via gli scintillanti premi.

La giovane signora le stette accanto per osservare il procedimento. In questa posizione la luce dell'unica candela brillava a pieno su di lei, e i miei lettori ora potrebbero dare un'occhiata alla signorina Ashworth.

Era di un genere baciato dalla natura, non alta ma ben proporzionata e graziosa. Il viso era più piccolo che bello, con lineamenti greci, nel complesso le si addicevano quei tratti non coloriti ma chiari e puliti. Aveva i capelli castani, pettinati con semplicità, occhi nocciola, ben aperti, larghi e luminosi. L'aspetto esprimeva a pieno tanta serietà quanta vivacità.

«Dove intendete trascorrere le vacanze, signorina Hall?» chiese lei dopo aver controllato in silenzio che il baule fosse di nuovo chiuso.

«Le trascorrerò sempre qui a Londra» rispose la mezza pensionante.

«Allora forse non avete parenti?»

«No signora».

«Avete fratelli o sorelle?»

«Ho un fratello medico a bordo di un vascello nelle Indie Orientali».

«Più grande di voi, naturalmente».

«Sì, ha ventitré anni, io ne ho solo quindici».

«Avete qualche altra parentela?»

«Credo di avere uno zio e una zia da qualche parte in Inghilterra, ma sono ricchi e naturalmente pensano poco a me». L'ultima parte della frase non fu pronunciata con tristezza ma piuttosto in modo gioioso, in realtà con uno sguardo volto in alto alla signorina Ashworth, accompagnato da un sorriso. Era la prima volta che la mezza pensionante aveva alzato gli occhi e ora si percepiva che aveva un viso non spiacevole, sebbene vi fosse qualcosa di sottile e pensieroso per la sua età. La signorina Ashworth ricambiò il sorriso e con tono gentile continuò la conversazione.

«Dove vivevate prima di venire dalla signorina Turner, signorina Hall?»

«Vivevo a una distanza considerevole da Londra, ai confini del Lancashire», fu la risposta e di nuovo si curvò indaffarata sui bagagli.

«Vi sentite particolarmente infelice qui?»

«Oh no, signorina, ogni tanto fa il buono e il cattivo tempo, ma non c'è differenza. Tuttavia mi dispiacerà quando partirete, signorina Ashworth».

«Perché? Non penso di avervi parlato che una dozzina di volte in tutto il semestre».

«Tanto meglio. Vorrei che tutte le signorine avessero seguito il vostro esempio. Qualcuna di loro mi ha parlato raramente».

«L'insolenza della signorina De Capell e delle altre della sua classe vi ha dato molta noia?»

«Mai per più di dieci minuti».

«Eppure vi ho vista piangere».

«Mi avete osservata, signorina Ashworth?»

«Occasionalmente».

La mezza pensionante guardò di nuovo con aria sorpresa e incredula.

«Non mi ero accorta che aveste mai sprecato un pensiero per me» disse lei.

«Siete abbastanza grande per lasciare la signorina Turner» continuò dopo una pausa la signorina Ashworth.

«La lascerò quando mi troverà un posto come dama di compagnia o bambinaia».

«Bambinaia! Potreste fare di meglio!»

«La signorina Turner dice che non ho capacità per fare di più».

«Su che basi è di questa opinione?»

«Sapete che non ho mai ripetuto correttamente i compiti che mi dava».

«In nome del cielo, cosa può aspettarsi se, nel momento in cui vi ha dato delle pagine di storia da studiare o tre pagine di prosa francese da imparare a memoria, poi vi spedisce in lavanderia a inamidare una cesta di merletti e mussola?»

«Avete notato più di quanto credessi» disse la mezza pensionante sorridendo ancora.

«Notato, signorina Hall! Supponete che abbia chiuso gli occhi? Il mio solo desiderio è che voi impariate quanto potete. Di tutti gli schiavi dell'industria, voi siete la più infaticabile».

«Mi alzo presto la mattina».

«E andate a letto tardi la sera. Vi ho sentita salire le scale in silenzio verso i servizi, molto dopo la mezzanotte».

«Siete ancora sveglia a quell'ora, signorina Ashworth?»

La signorina Ashworth non rispose. Si diresse al suo letto e lentamente si spogliò. Trascorse mezz'ora in silenzio. Aveva appoggiato la testa sul cuscino e sembrò addormentarsi. La mezza pensionante, avendo finito il lavoro in quella camera, prese la candela e uscì in punta di piedi.

«Ellen, Ellen Hall!» disse la signorina Ashworth alzando il capo. «Il vostro nome è Ellen, non è così?»

«Sì»

«Mi porgereste il fazzoletto che è in quel cassetto?»

La signorina Hall aprì il cassetto in questione. Sembrò sorpresa di trovarvi molti libri.

«Pensavo» disse lei appena prese il fazzoletto richiesto, «di averlo svuotato stamattina, ed ecco un cassetto pieno di libri. Qualcuno di Scott, qualcuno di Byron. Vorrei avere il tempo di leggerli».

«Forse avrete tempo durante le vacanze» osservò la signorina Ashworth.

«Sì, ma non saranno più qui dopo».

«Guardate il titolo di quello che avete in mano». La signorina Hall obbedì. Su una pagina bianca erano scritte poche parole: "Mary Ashworth prega Ellen Hall di accettare la compagnia dei libri di Scott e Byron come un arrivederci nei suoi riguardi". Alla signorina Hall cadde il libro, chiuse il cassetto e corse fuori dalla stanza. Ella tuttavia arrivò fino alla soglia. Là si riprese e tornò indietro.

«Sono molto in debito con voi» disse avvicinandosi al letto della signorina Ashworth.

«Non c'è di che, Ellen, buonanotte». La signorina Ashworth le offrì la mano, graziosa e delicata. L'umile dipendente la prese, la strinse e, nel calore della propria gratitudine, osò anche chinarsi a baciare la guancia della fiera signorina. La signorina Ashworth sorrise, non la respinse. Un precipitarsi sui gradini di sopra interruppe la scena. La signorina Ashworth frettolosamente ritirò la mano, fece cadere la testa sul cuscino e finse di dormire. La signorina Hall se ne andò di corsa.

CAPITOLO III

Quando la ruota della fortuna gira, il caso sparge qua e là ora premi ora no. Il signor Ashworth aveva subìto un vuoto doloroso sedici anni fa quando perse la casa e le terre, ma ora sembrava che un premio fosse di nuovo caduto nel suo sacco. Egli aveva sciolto la società con Daniels, Gordon, Macshane e compagnia. Il gregge di affaristi aveva smesso di commerciare, ma non prima che il loro fondatore si fosse arricchito a un livello che all'inizio egli stesso forse non si era avventurato a sperare. Non smetterò di chiedermi se tutta questa quantità di ricchezze fosse stata guadagnata onestamente – la maggior parte sicuramente no, perché Ashworth era un uomo senza scrupoli che si prese gioco di inezie quali coscienza e fede. Ma l'oro è oro, sia vinto con onore sia riscosso con frode e, se non assicura un posto in paradiso all'uomo, un posto in seno ad Abramo, può procurargli al minimo una splendida casa sulla terra con lusso quotidiano e abiti di porpora di Dives.

Sebbene la casa nell'Hampshire fosse di nuovo proprietà del signor Ashworth, egli non la gradiva più, riluttante forse nel rievocare scene che necessariamente dovevano richiamare tempi ed eventi che desiderava dimenticare del tutto. Ora, quindi, aveva comprato una proprietà nello Yorkshire chiamata Gillwood, una casa i cui bei campi eleganti e gli alberi secolari sembravano conferire al loro proprietario una sorta di importanza in paese. Ammobiliò le ampie stanze con rivestimenti in quercia di uno splendido stile al quale sarebbe donato uno stemma e un titolo e, quando tutto fu pronto, vi portò la figlia a completare l'ornamento.

Il signor Ashworth poteva gioire di quel ritorno di fortuna? Non penso. Nessun uomo può perseguire la folle carriera che ha percorso tanto a lungo senza sfinirsi al termine della corsa. Il signor Ashworth era un uomo diverso. Il suo fisico era a pezzi, la forza fisica esaurita. Pochi riconoscerebbero l'atletico mandriano che cavalcava ebbro e combatteva tanto instancabilmente in quell'alto, pallido malaticcio dalla fronte calva, dalla quale i chiari ricci castani erano quasi tutti caduti; sembrava così pieno di malinconia quando vagabondava per le oscurità di Gillwood.

Molte delle passioni di Ashworth si erano estinte, ma l'ambizione non era tra queste. Insisteva ancora come il carbone tra le ceneri. Naturalmente la sua ambizione era di ordine politico e aspirava a un seggio in Parlamento. La sua nuova residenza era nelle vicinanze di un borgo che inviava due rappresentanti alla Camera. Ashworth stette all'erta per il primo posto vacante, al fine di proporsi come candidato.

Siccome Gillwood apparteneva a un distretto agricolo, nell'elegante campagna dello Yorkshire, non mancavano molti seggi a una tale distanza, per cui i proprietari terrieri presero pari posizione col signor Ashworth. I tetti turriti di una casa erano visibili da un punto elevato dai campi di Gillwood. Si scorgevano tra i rami di due alti faggi, a coronare un lungo pendio di prati. Una sera d'estate si sviluppò un singolare evento, un crescente grigiore tra gli alberi oscuri e una bassa collina colorata di azzurro chiaro a debole distanza intorno. Queste torrette grigie portavano il nome di Ripley Towers ed erano l'abitazione dell'anziano Generale West. Il Generale West era un truculento Tory, un veterano che era stato anche in servizio nelle campagne d'India e si era fatto un nome nelle spedizioni grazie alla sua condotta al "campo rosso Assaye"[21].

Il Generale West e il signor Ashworth si erano incontrati a delle cene pubbliche e una volta a un raduno di contea, sostenendo il tema del grano, dei Cattolici, della circolazione monetaria. In quest'ultima occasione, il signor Ashworth aveva pronunciato un lungo discorso, sospirando di bruciante patriottismo ed estremo amore per la libertà dall'inizio alla fine e, quando si sedette, il Generale West fermo sulle proprie posizioni e con voce rauca definì l'intera effusione come una vera sciocchezza e poi, rivolto alla gente, raccomandò loro di pensarci due volte prima di permettere ai loro giudizi di essere influenzati da sofisticherie di quel genere. Si osservò che il signor Ashworth non si indignò in alcun modo per quella sgarbata condanna della sua eloquente arringa. Al contrario egli stimò l'oratore con uno sguardo di curioso e sereno scrutinio e, quando si sedette, sorrise con un'espressione che pareva dire: "Quel vecchio ragazzo conosce la differenza tra un falco e un airone"[22]. Così alla fine il sagace sguardo dell'anziano sembrò testimoniare quell'opinione probabilmente non lungi dall'errore.

Queste furono le sole occasioni che i due gentiluomini di campagna ebbero per fare conoscenza. Eccetto, infatti, quando entrambi da giudici sedevano talvolta allo stesso banco, chinandosi a parlar civilmente ma senza spingersi nel privato. Nonostante questo comportamento distante, uno spettatore avrebbe detto che esisteva una sorta di tacita

---

[21] Sanguinosa battaglia in India del 23 settembre 1803 vinta da Lord Wellington, idolo di Charlotte, e affiancato dal Generale West.
[22] Modo di dire che è simile all'italiano "non saper distinguere un ramo da una foglia".

comprensione tra loro, che ognuno conoscesse e apprezzasse il carattere dell'altro. L'inchino reciproco all'incontro e al congedo era spesso accompagnato da un sorriso furtivo – a meno che nel frattempo essi non avessero discusso, il che non era un caso frequente.

Ma sebbene il Generale West non mantenesse una comunicazione confidenziale col signor Ashworth, si diceva che questo non fosse lo stesso con tutti gli inquilini di Ripley Towers. Un uomo potrebbe comandare una moltitudine di ammiratori o anche non essere capace di controllare i membri della propria famiglia. Il Generale non era disturbato da cerchie private molto ampie. Aveva solo un ramo l'ulivo, una freccia nel suo arco, malandata, che non tirava mai dritta. In altre parole egli era maledetto da un figlio che avrebbe dovuto chiamarsi Absalom Rehoboam[23] West, una sorta di vagabondo al quale il padre frequentemente permetteva di continuare a vivere di stenti. Questo gentiluomo aveva, per benedizione del Signore e per pazienza di molti precettori, prolungato i suoi giorni fino a raggiungere gli anni e la statura di un uomo. Durante l'infanzia e l'università, suo padre non lo aveva per nulla tenuto a freno. Ma ora che era tornato a casa da Oxford, mollò le redini gettandogli una grossa fune lasciandolo girare libero per il mondo. L'anziano rajah aveva, al contrario, spinto il cappio più in basso e sollevatolo in alto sulla forca; il mondo non sarebbe peggiorato per la svista.

Absalom Rehoboam, dicevo, doveva essere il nome di questa persona, ma al fonte battesimale i suoi padrini gli diedero il nome di Arthur Ripley e, tra questo Arthur e il

---

[23] Absalom, terzo figlio di Davide (1040 a.C. ca.) rivoltatosi contro il padre venne ucciso. Rehoboam re di Giudea (953-32 a.C.) figlio di Salomone.

padrone di Gillwood, voci suggerivano l'esistenza di un legame sociale più stretto di quanto il Generale West non si fosse accorto. Forse il Generale lo sapeva perfettamente ma non se ne preoccupava e non voleva intromettersi. Era un astuto, vecchio calcolatore Cosacco. Quest'ultima opinione è rafforzata dal fatto che quando, come talvolta accade, gli amici interferivano sull'argomento con rimostranze al Generale, egli immediatamente diventava sempre molto tardo di comprendonio e non voleva ascoltare suggerimenti e consigli. C'èra in particolare un gentiluomo, una persona di seria e severa compostezza che, essendo un vecchio amico di famiglia e padrino dello stesso Arthur, pensava avesse il diritto di metter bocca nell'argomento. La persona cui alludo non era altro che il signor De Capell, poiché De Capell Hall era nelle immediate vicinanze di Gillwood e di Ripley Towers.

Ora il signor De Capell era, come dicevo, un mercante e uomo d'affari. Era di buona famiglia come tutte nello Yorkshire. Ma era stato il figlio cadetto e non aveva ereditato dalla casa di suo padre che un nome e una certa posizione sociale. Sotto questi ordinari presupposti, aveva preso la straordinaria decisione di mettere da parte la dignità, di farsi guidare dall'interesse, di darsi alle cene d'affari in cerca di fortuna tra mulini e magazzini di legname e olio che era certo di non trovare tra cimieri, blasoni e antichi scudi sbiaditi. Il signor De Capell era pronto a farsi strada sulla via che aveva scelto. Era un perseverante, sagace, tenace uomo ostinato. Di pugno duro e di cuore non troppo suscettibile. Ma aveva il proprio concetto di onore e integrità e, sebbene si fosse messo da parte a scavare per lucro nella campagna dei turpi plebei, ed era stato abietto nel perseguire quel prezioso metallo come il più volgare di loro, egli teneva ancora nascosta una riserva di orgoglio familiare che si addiceva a un

Lord. E ora, dopo una lunga vita spesa nell'ufficio contabile, avendo guadagnato un'immensa ricchezza e ritirando il capitale dal mercato per investirlo in terreni, sedeva in trono a godersi ciò che aveva guadagnato a fatica.

Il signor De Capell aveva due figli oltre alla signorina che ho già presentato ai miei lettori. Il suo comportamento verso questi figli era inflessibile e ruvido. Sembrava spaventato che un giorno potessero macchiare il nome che egli stesso aveva messo a rischio, per via delle frodi commerciali. John, il più grande, crebbe col credito della disciplina ricevuta in giovinezza. Sembrava un fiero, giovane corretto, col dono del perfetto autocontrollo. Ma poco si seppe di lui nel vicinato; dalla sua partenza per il college aveva risieduto principalmente a Londra, dove si diceva fosse impegnato a studiare legge. Thornton, il più giovane, non era affatto migliore di quanto potesse, una spina nel fianco del padre, un mero mascalzone che l'anziano gentiluomo era sul punto di rinnegare e diseredare ogni giorno. Di Amelia De Capell ho già parlato, ma ho paura di aver dato ai miei lettori un'impressione troppo sfavorevole del suo carattere. Aveva i suoi lati buoni. Era vivace, intelligente e molto affezionata a coloro che lei non riteneva degradante amare. Mentre parlavo di lei prima la paragonai nel mio cuore a uno spirito di altro genere: una persona che poteva vedere altro, udire più a fondo, guardare più in alto, una persona la cui natura si svelava tutta subito, che poteva essere abbozzata in uno schizzo pungente, vivace, sveglio, altezzoso e un argomento il cui interesse protratto potrebbe darvi da fare per molti mesi prima di imparare a leggerne le indicazioni correttamente. Non so se lo spirito al quale alludo fosse migliore di quello di Amelia De Capell, ma era esposta alle più varie e profonde impressioni, forse anche con difetti più numerosi e radicati.

Quando l'anziano De Capell veniva disturbato troppo dal figliol prodigo Thornton, era solito passeggiare di sera verso Ripley Towers al fine di condividere un'afflizione simile col padrone di quella dimora. E ora, lettore, prima di darti un breve accenno di uno dei loro dolorosi dialoghi, dovrei premettere che il signor De Capell aveva un leggero tocco di quell'accento dorico dello Yorkshire nel suo parlare[24]. Lettore, non sorprenderti di ciò, perché, in primo luogo, questi modi esistevano anche tra le classi più alte della gente dello Yorkshire trent'anni fa e, in secondo luogo, il signor De Capell non si era esclusivamente associato con le classi più elevate ma aveva avuto molto a che fare coi manifatturieri di Leeds e i mercanti tessili di Bradford.

Il signor De Capell aveva anche l'abitudine di fumare la pipa, preferendola al sigaro, ed era amante di un bicchierino di brandy allungato, abituato a entrambi i lussi nei giorni di mercato e anche occasionalmente nell'ufficio contabile. Ora il signor De Capell aveva quasi smesso di insistere con questi divertimenti a casa. Si convinse che compromettessero la sua dignità. Ma ogni volta che andava a trovare il Generale e stavano soli, erano sempre provvisti del brandy e di un bicchierino di cherry, sebbene col passare del tempo il signor De Capell solesse trascuratamente puntualizzare che "non v'era altra occasione".

«Non vedo fine a questo affare» osservò il signor De Capell alzando il corpo chino con un profondo sospiro quando toglieva la pipa dalla bocca. Puntò gli occhi a una finestra aperta e guardava fuori la nevicata che imbiancava il parco, poiché era inverno. Il signor De Capell non alludeva

---

[24] Nel testo inglese si dice "doric broad", a indicare il dialetto del nord-est della Scozia. In italiano è stato tradotto letteralmente anche se la dicitura potrebbe confondersi con un'accezione di uso greco.

alla neve, sebbene ogni ascoltatore profano potrebbe aver pensato così. «Sono stati insieme di nuovo» continuò sospirando pesantemente, «e si rovineranno l'un l'altro».

«Questa sarebbe una perfetta serata di gennaio» rispose il Generale West. «Sono seriamente intenzionato a tenerlo a bada. Laggiù il ragazzo potrà contare su di me prima che muoia».

«Temo si prepari un lungo gelo».

«Ho cercato in ogni modo di correggerlo e, onestamente, penso che dovrò smettere. È un dannato. Talvolta penso sia uno sforzo contro la Provvidenza provare a gestire un tipo simile. L'altra sera stava offrendo la cena a tutta la plebaglia della campagna di Ripley Arms. Proprio nella vostra locanda, Generale! Posso dirvi che dovreste ricambiare riprendendovi la sua licenza di albergatore».

«Vedrò di occuparmene».

«Anche io – voi dovreste stare attento quando sia il mio ragazzo sia i vostri avranno il collo nel cappio. Avete sentito di come passavano il tempo quando erano lontani dalla brughiera insieme un mese fa?»

«No».

«Sono stati in due case chiuse a bere e ballare, un ballo per ognuna di quelle donnacce e coi farabutti di Pendle – ho scritto a John di quest'affare. Se non fosse per i nostri John e Amelia, penso che potrei stendermi e morire».

«Amelia torna a casa, suppongo».

«Sì».

«Ho sentito dire che è una ragazza molto elegante. Sarà corteggiata, dovrete controllarla».

«Lo farò certamente, signore. Non ho bisogno di altri scapestrati in famiglia. Più di un anno fa pensavo che Ripley West avrebbe potuto dare il peggio di sé prendendo la nostra Amelia, se così avesse deciso la Provvidenza. Avrà cervello,

Generale. Posso darle tremila sterline e più se Thornton non fa attenzione a se stesso».

«Sì, sarebbe un compromesso ragionevole» osservò il Generale, «ma quali di quei ragazzi sentirà ragioni? Ripley è un gran spavaldo turco, oserei dire, senza particolari intenzioni matrimoniali per i prossimi vent'anni».

«Sarebbe meglio per lui se lo facesse. Sebbene senta strane voci su di lui, è volubile, incostante, Generale».

«È così. Sono d'accordo con voi».

«E non pensate che una moglie potrebbe metterlo un poco a posto?»

«Lui la metterebbe a posto! Posso dirvi, De Capell, che Arthur Ripley sarebbe un pessimo marito se si sposasse ora».

«Lo preferirebbe a correre la cavallina, allora?»

«Sì» replicò il mondano Generale West. «Questa è la ragione per cui l'ho spedito in continente l'anno scorso».

«Avete uno strano modo di gestire il vostro ragazzo» disse il signor De Capell. «Io ho sempre desiderato tenere il mio lontano dalle tentazioni, voi avete fiducia nel vostro. "Non indurci in tentazione" non è quella parte della preghiera al Signore?»

Il Generale rise. «Arthur deve pregare per la propria causa» disse, «voglio dire che non c'è utilità nel mettergli dei sorveglianti o limitare un soggetto simile. Guardatelo e poi parlate di proteggerlo dalla tentazione. Se fosse una signorina vi garantisco che il caso sarebbe diverso. Non vorrei veder mandare la vostra Amelia a Londra o Parigi o Firenze, solo per subire la punizione di teatri, opera, caffè ecc. Non le permetterei nemmeno di ascoltare i discorsi ai quali ho accennato. La sorveglierei sia nella teoria sia nella pratica. Ma Ripley deve vedere il mondo da solo, vederlo in faccia arditamente. Se c'è qualcosa di prezioso in lui, starà in guardia. Se è tutto marcio, dovrà subire».

«Ho paura che abbia poca scelta in ogni caso» osservò il signor De Capell. «Non ha ancora dimostrato niente. E qualunque cosa voi diciate, Generale, io so che esiste un antico libro che mi dice "cattive amicizie corrompono le buone maniere"»[25].

«Com'è allora che il vostro John non è stato corrotto? Ad oggi egli è quasi amico intimo di quel mascalzone di Ripley come lo è ora Thornie. È ancora un bel tipo, un individuo ammirevole».

«Ahimé, sia benedetto, è un bravo ragazzo. È tutto ciò che ho da dire – farò un affare o dovrò abbandonarlo. Se gli succede qualcosa non so come potrei sopportarlo» e il signor De Capell prese dalla tasca il fazzoletto per portarlo agli occhi. Bevve tre bicchieri di brandy allungato.

«Coraggio, tiratevi su» disse il Generale. «Mi pare che John sia abbastanza a posto. Siete al corrente se lui e Ripley si scrivono ancora?»

«No, penso che Ripley abbia quasi smesso. È totalmente preso da quel buono a nulla di Ashworth. Vi dirò una cosa, Generale. Se fossi in voi e avessi un figlio come il vostro Arthur Ripley e lui cominciasse a trafficare con uno scellerato come Ashworth, un bugiardo, commerciante di cavalli, in bancarotta, un infedele blasfemo, Tom Painite[26], penso che vorrei solo prendere il testamento e scarabocchiare sopra il suo nome e consegnare ogni mezzo penny che ho intascato in passato per costruire un nuovo porto a Liverpool», proseguì il signor De Capell prendendo un fresco respiro e caldamente disse: «Penso che Ashworth abbia guadagnato la forca più di cinque volte. Tra tutti i ladri, di tutti i mascalzoni che sono a spasso, egli è un'eccellenza!

---

[25] Corinzi 15:33.
[26] Tom Paine (1737-1809), rivoluzionario americano.

Sfrontato truffatore, dovrebbe lavorare in catene a Botany Bay da vent'anni. Quando ho sentito che ha comprato Gillwood e si è proposto come giudice venendo a vivere qui, ho pensato che non avrei mai potuto fare più niente di buono. Poi lo scandalo che si mormorava su di lui – quello della moglie di Daniels e della moglie di Thornton e quella donnaccia della signora Allan e venti e più. Si dice, Generale, si dice che alla prossima elezione egli si presenterà come candidato per Littlebro'. Cosa pensate di questo?» Il signor De Capell sbatté il pugno sul tavolo come se confermasse i fatti. I bicchieri e la caraffa risposero vibrando, il Generale non parlò. Guardava solo in modo strano il suo amico. Infatti, era un duro uomo di mondo che non si smuoveva per nessuna atrocità.

«Suppongo» osservò il Generale dopo una pausa, «che da qualche parte Ashworth abbia due figli che non si è scelto».

«Figli nati dal matrimonio o illegittimi?» chiese il signor De Capell.

«Figli legittimi nati e cresciuti da un po', suppongo. Erano entrambi a Harrow con Ripley. Il più grande ha circa vent'anni».

«E dove sono?»

«Il diavolo lo sa. Non se ne sa nulla da tre o quattro anni».

«E il padre non s'interessa affatto a loro?»

«Non ne detiene i diritti».

«È un bruto disumano. Poi ha un altro figlio, una ragazzetta».

«Sì, era a scuola con vostra figlia. La signorina De Capell ha mai parlato di lei?»

«Ahimè, Amelia dice che era una piccola orgogliosa strana cosetta. Ma penso che andrò ora, è una notte tempestosa».

E così il signor De Capell svuotò le ceneri della pipa, suonò per il cavallo e partì.

CAPITOLO IV

Essendosi stabilite entrambe nello Yorkshire, la signorina Ashworth e la signorina De Capell si scambiarono due o tre visite formali, rese quasi indispensabili dall'etichetta, visto che le due giovani signore erano state compagne di scuola per circa dieci anni. Era una gelida mattina di gennaio quando la signorina Ashworth cavalcò verso De Capell Hall col proposito di ricambiare una precedente visita della signorina De Capell. Fu accompagnata in un piccolo delizioso salotto, diverso dai pallidi antichi locali di Gillwood, ma luminoso, elegante e grazioso, visto che De Capell Hall era un edificio moderno, costruito dall'attuale proprietario e che, nella freschezza dei suoi esterni e col dorato splendore delle decorazioni interne e delle vetrate, differiva ampiamente dagli scuri rivestimenti dello stile elisabettiano.

Amelia De Capell sedeva presso un fuoco sfavillante, appoggiata di schiena a una di quelle poltrone inventate dal lusso per oziare. L'affiancava una sorta di telaio da ricamo e diverse sfumature di lana pettinata poggiate su un tavolino lì vicino. Questi preparativi di industriosità erano tuttavia solo apparenti, poiché la signorina De Capell non stava lavorando; stava leggendo qualcosa che sembrava un romanzo. Aveva compagnia. Una piccola figura sedeva al lato opposto del camino su un basso sgabello, piegata diligentemente su parecchi materiali che le riempivano il grembo. Sedeva quietamente e pareva assorbita dal suo lavoro. Un piccolo spaniel le stava acciambellato ai piedi.

La signorina De Capell si alzò per accogliere la visitatrice. «Sono molto felice di vedervi, signorina Ashworth, vi prego, accomodatevi. Che deliziosa mattina di gennaio».

«Sì, ma fredda» disse la signorina Ashworth, avvicinandosi al camino.

«Venite da Ripley Towers? Siete ancora ospite là?»

«No».

«Oh, dimenticavo. Mi pare che il Generale West non faccia visita a vostro padre. Volete togliervi la pelliccia?»

La signorina Ashworth la tolse poggiandola sul divano, dove sedette dopo che ebbe debitamente riscaldato le mani intorpidite dalla fredda cavalcata.

«Bene» continuò la signorina De Capell, ora che sembrava molto compiaciuta, più cordiale e affabile della sua indifferente ospite. «Bene, come pensate di divertirvi a Gillwood? Non la trovate abbastanza triste d'inverno?»

«Molto» fu la risposta e non potreste stabilire dal tono col quale fu emessa se l'oratore parlasse sinceramente o con ironia. «Una casa tanto buia» continuò dopo una pausa, «dalle stanze così tenebrose che papà avrebbe bisogno di tutti i ritratti di famiglia dell'Hampshire per riempire i corridoi di fantasmi».

«Ah, credevo non vi piacesse» continuò la signorina De Capell. «Un tal posto, sapete, è abbastanza interessante da visitare per come si presenta, molto romantico e imponente, ma davvero trascorrervi la vita sarebbe troppo triste. Mio fratello John lo ammira. È un vecchio scapolo. Dovreste conoscerlo, signorina Ashworth, quando torna da Londra. Penso che sarebbe di vostro gradimento, per quanto ricordi, voi non siete molto colpevole del peccato di frivolezza».

64

La signorina Ashworth non fece osservazioni. Era impegnata a cercare di attirare l'attenzione del piccolo spaniel sul tappetino, allungando e ritirando il piede e, allo stesso tempo, furtivamente esaminava la persona ai cui piedi stava lo spaniel. Gli occhi della signorina Ashworth avevano una particolare espressione quando le grandi orbite, vive di acume, erano così segretamente dirette su ogni individuo caratteristico.

«Vai dalla signorina, Flora» disse una voce bassa, e l'estranea si chinò e, con una manina, spinse il cagnolino verso la signorina Ashworth.

«Oh! Ho dimenticato di presentarvi mia cugina Marian» esclamò la signorina De Capell. «Chiedo perdono, ma è così minuta, è facile che passi inosservata. Marian, questa è la signorina Ashworth di Gillwood. Mi hai già sentito parlare di lei». La padrona dello spaniel distolse la mano dal lavoro per la prima volta, si inchinò, diede un'occhiata all'ospite e poi di nuovo abbassò lo sguardo. Sembrava diffidente, ciò che i francesi chiamano *craintive*[27]. A prima vista l'avreste presa per una bimba tanto era minuta e scarsamente sviluppata. Ma quando sollevò il viso, non era quello di una bambina. Aveva l'espressione di una diciassettenne. L'incarnato era delicato e anche i lineamenti. C'era qualcosa di gradevole negli occhi azzurri e gentili, ma troppo spesso abbassati. I capelli erano di una bella sfumatura castano chiaro. Erano divisi in ciocche di lunghi riccioli ai lati del viso e ombreggiavano dolcemente il collo chiaro.

«Penso che Flora non gradisca lasciarvi, signorina Marian» disse l'ospite. «Mi pare sia un cucciolo».

«La vizio» replicò la stessa voce gentile che aveva parlato innanzi.

---

[27] Francese per *pauroso*.

«Da quanto tempo siete qui?» riprese la signorina Ashworth.

«Da quando Amelia è tornata da Londra».

«Allora perché non siete venuta con vostra cugina quando l'ho invitata a Gillwood?»

«Ah, giusto, signorina Ashworth» interruppe Amelia De Capell, «domandateglielo. È un tipo così timido. Non saprei come curarla da quella sciocca diffidenza. Lei non è venuta con me perché dice che non la conoscete ed era sicura che non l'avreste gradita».

«Ora la conosco, allora» rispose la signorina Ashworth, «e spero che non negherà di accompagnarvi quando vi inviterò di nuovo».

«Grazie» disse Marian, osando nuovamente alzare gli occhi, e parve strizzarli incoraggiata a proseguire nel dire qualcosa di più, quando sfortunatamente lo spirito crescente della conversazione fu decisamente reso vano da un improvviso e secco colpo alla porta del salotto e dall'ingresso repentino di una persona prima che la signorina De Capell avesse il tempo di dire: «Entrate».

«Dov'è Wilson, signorina Amelia?» chiese una persona avanzando nella stanza.

«Nelle scuderie o al canile, senza dubbio. Cosa desiderate da lui stamane?»

«Cosa voglio? Solo dirgli due o tre parole. Però i miei affari possono attendere, nel frattempo siederò una mezz'ora con voi».

La signorina De Capell, con rapido movimento, riprese la poltrona dalla quale si era alzata, e fu seguita al suo posto dal tipo alto, magro di costituzione, alto più che largo. Era il signor Arthur Ripley West. Potremmo presentarlo subito senza ulteriori indugi e anche annunciare che sta per diventare il nostro eroe, poiché se non riveliamo questo segreto, il lettore presto lo scoprirà.

Un individuo come il suddetto signor Arthur senza dubbio non poteva entrare in un soggiorno occupato da tre signorine senza suscitare stupore. Il viso e l'aspetto erano proprio quelli di un giovane di non più di vent'anni, e anche di un uomo verosimilmente in cerca di facili trionfalismi da salotto. I suoi capelli folti e ricci dicevano che era un bellimbusto. I lineamenti erano regolari e romani, gli occhi, scuri, sorridenti e le labbra piene. C'erano nell'insieme dell'espressione intensità e dolcezza le quali, da che esiste il mondo, non sono mai stati attributi di un intelligente, elegante mascalzone, di persone che con sorrisi e scherzi possono acquisire il privilegio di trasgredire su vasta scala, di uomini che con genio e prosaicità possono travestire le loro cattive azioni, le quali, un occhio distratto potrebbe facilmente confondere per virtù, di gentiluomini ai quali la natura ha regalato arrogante galanteria da rinfacciare a tutti quelli che vorrebbero finire nella carriera criminale.

Il signor West sedette. Scelse il posto alla destra della signorina De Capell e inclinò il capo verso di lei. Secondo l'etichetta aveva scelto bene. L'aria elegante e impetuosa della signorina De Capell armonizzava con la sua. Ella componeva con lui un quadretto migliore di quanto potessero fare la signorina Ashworth o la minuscola signorina Fairburne. E si rivolsero le inclinazioni del signor West alla compagna di quel quadretto, la nobile Amelia dai capelli scuri? Così sembrava, perciò, quando iniziò a parlare, indirizzò la conversazione a lei.

«L'altra sera Wilson è tornato tardi?»

«Tardi, signor Ripley! Lo sapete meglio di me. Rovinerete Wilson, lo farete proprio!»

«Cosa? Voi vi unite ai ranghi dei miei accusatori? "Et tu Brute?" Vi credevo dalla mia parte. Dipendo da voi come difensore quando papà, mamma, John e tutta la tribù dei giusti si solleveranno contro di me».

«L'ho accusato, Marian?» domandò la signorina De Capell appellandosi alla cugina. «Ho incolpato lui l'altra sera quando papà era così arrabbiato?»

«No» disse la signorina Fairburne curvandosi in giù per districare i fili di seta della sua borsetta dalle zampe dello spaniel che li aveva intrecciati in strani grovigli. Il cane distolse l'attenzione dal tappetino e si rifugiò ai piedi del signor West.

«Flora! Flora!» chiamò la signorina Fairburne, «Vieni qua». Non l'avrebbe seguita nella sua fortezza.

«Farete meglio a venire qui» disse il signor West «o la borsetta non si potrà più usare».

La signorina tuttavia sedeva ancora e chiamò di nuovo, «Flora! Flora!»

«Penso non siate molto civile» osservò Amelia chinandosi per ciò che il signor Arthur avrebbe dovuto fare. Ella salvò la borsa che ritornò dalla sua padrona. «Signor Ripley, penso che dovreste prendere qualche lezione in materia di *petits soins*»[28] continuò lei. «Credevo che i vostri viaggi nel continente e i sei mesi a Parigi vi avessero insegnato un minimo di rudimenti dell'educazione».

«Mi hanno insegnato qualche sentimentalismo, signorina Amelia, ammirazione per i fiori ad esempio. Vedete questo bucaneve nella mia asola?»

«Oh sì, il primo che vedo quest'anno. Com'è bianco e delizioso!». Tutte le signorine lo guardarono. Anche la signorina Fairburne alzò il capo e azzardò un'occhiata.

---

[28] Francese per *piccole attenzioni.*

«Quel bucaneve si addice a una signora» continuò il signor West. «Cresceva in un cantuccio di terra muscosa tra le radici di un albero. Forse gli dedicherò un sonetto qualche volta».

«Ce lo farete leggere quando sarà finito?» chiese la signorina De Capell.

«Oh sì, sarebbe delizioso trasferirlo in un album satinato rilegato e lo prenderò per depositarlo nel vostro grembo. Signorina Fairburne?»

Obbligata di nuovo ad alzare il capo, egli insistette finché ella dimostrasse di avergli prestato attenzione.

«Dov'è il vostro disegno, lo schizzo del ponte?»

«Nel mio portfolio, ma temo non sia ancora finito».

«Permettetemi di vederlo».

La signorina Fairburne si alzò. Aprì il portfolio che stava sul tavolo e cercò tra i molteplici contenuti. Appena rivoltò i dipinti e le incisioni, un'altra mano l'aiutò nella ricerca. Ella frettolosamente guardò il signor West che le stava accanto, inclinato al di sopra delle sue spalle. Ella non si mosse. Le dita continuarono meccanicamente a vagare tra i fogli di cartoncino e tela.

«Ecco il ponte» disse il signor West. «L'avete trovato».

«Dite?» rispose Marian arrossendo, confusa e oppressa dalla propria mancanza di spirito. Gli diede il disegno e, appena lui glielo prese dalle mani, i suoi occhi guardarono giù incontrando quelli fuggevoli della ragazza. Ho detto che gli occhi del signor West erano scuri e sorridenti. Erano anche singolarmente penetranti. Non era facile affrontarli saldamente.

«È davvero un bel disegno» disse lui dopo averlo osservato per pochi minuti in silenzio. «Ma l'arco non è abbastanza dritto».

«Lo sbaglio sempre» mormorò la signorina Marian.

«Prendete la matita e lo correggeremo» disse l'intenditore.

Ella obbedì subito. Egli sedette al tavolo e mentre applicava qualche tocco correttivo, la signorina Fairburne restò in piedi a osservare. La sua testa ora era all'altezza di lui. Quando entrambi furono in piedi, fu come una fatina vicino a un monumento, quello alto splendido di Londra[29].

«Ora va meglio, Marian?» chiese lui. Le sue parole e il modo erano abbastanza semplici, e di nuovo la signorina Fairburne parve quasi agitarsi.

«Molto meglio» replicò.

Lo era infatti. Pochi, scuri e audaci tocchi lo cambiarono da fievole, superficiale, sebbene piuttosto carino e delicato affare, a un disegno artistico.

Il signor West lo rimise nel portfolio.

«Dipingereste il mio bucaneve, Marian?»

«Se lo desiderate, ma appassirà prima che io finisca».

«Spero di no».

«Lo è già».

«No» disse il signor West, «per me no. Lasciate che ve lo faccia osservare». Diresse un'occhiata in tralice verso il camino. Le due signorine sedute gli davano le spalle. Stavano conversando insieme e sembravano non ascoltarlo.

«Venite qui» disse lui sottovoce. Prese la mano della signorina Fairburne voltandola verso una specchiera girevole, puntò il riflesso di una delicata sagoma fatata che lei non poteva negare le appartenesse. «Questo è il mio bucaneve» disse Arthur Ripley. A quel dire, la signorina Fairburne non parve imbarazzarsi troppo come prima. Le persone nervose

---

[29] Qui ci si riferisce a ciò che gli inglesi chiamano semplicemente *The Monument*, il monumento celebrativo dell'incendio di Londra del 1666.

spesso appaiono più composte in un momento di crisi rispetto a quando la causa dell'imbarazzo è minima.

«No, no» disse lei spingendosi a guardarlo dritto in volto. «Voi state scherzando. Vedo che mi credete sciocca perché non sono padrona di me o colta come Amelia. Non posso farci niente se sono timida e goffa, ma capisco quanto basta il vostro carattere, signor West».

«Davvero? E com'è?»

«Siete piuttosto ironico e quando mi vedete così ingenua o modesta spesso vi sentite tentato di divertirvi a mie spese. Ma desidero che promettiate di non farlo di nuovo, perché è una cosa che mi mette a disagio».

Non so se il signor West avesse promesso, ma subito dopo la signorina Ashworth si alzò per andarsene. Ella non sembrò un tipo ordinario quando si alzò nel suo abito color porpora da cavalcata e, indossata la pelliccia che si era tolta, scoprì i suoi bei lineamenti statuari. Diede la mano alla signorina De Capell e alla signorina Fairburne e a fatica chinò il capo al signor West. Non era alta, a stento infatti raggiungeva l'altezza media. C'era anche qualcosa di principesco in lei quando attraversò la stanza. Tre minuti dopo, galoppava davanti la finestra sul suo bel pony, seguita da uno staffiere a cavallo.

«Orgogliosa come Lucifero!» esclamò la signorina De Capell.

«Chi è, in nome di Giunone?» domandò il signor West.

«La signorina Ashworth, figlia unica ed erede di Alexander Ashworth, Esquire di Gillwood[30]».

---

[30] Tuttavia sappiamo che Mary Ashworth aveva due fratelli maggiori, Edward e William. È possibile che non sia un errore ma un elemento di trama che lascia ignorare ad altri personaggi l'esistenza dei due fratelli.

«Dio mi benedica!» replicò secco il signor West. Rimase in silenzio alla finestra per un minuto come se stesse pensando, poi si voltò. Poco dopo se ne andò. «Buongiorno, signorina Amelia» disse tendendo la mano. «Buongiorno, signorina Fairburne».

Le parole del suo congedo furono precisamente le stesse per entrambe le signore, ma il tono e lo sguardo che le accompagnarono erano molto diversi.

Sembra, poi, che il signor West preferisse la resistenza al piacere. Quando se ne fu andato, un silenzio mortale cadde in salotto. La signorina De Capell sedette davanti al suo telaio e lavorò. La signorina Fairburne occupò un posto vicino la finestra e sembrò mettersi a leggere. Ben presto il libro le cadde in grembo. Ella inclinò il capo sulla mano e sedette oziosa. Era ciò che faceva di solito dopo le visite mattutine del signor West.

DUE BRANI SCIOLTI DEL COSIDDETTO
PROSE FRAGMENTS[31]

(...) la mano sul cuore e sembrò cercare la vita nel viso di marmo, quando egli vide e sentì che l'anima aveva udito le sue chiamate e allontanatasi egli sembrò cedere per un momento. Tutto il suo essere insensibile tremò per un'improvvisa agitazione e le lacrime si fecero strada a forza nei suoi occhi. Il suo pianto fu incontrollato e convulso, perché le sue passioni giovanili avevano ricevuto un improvviso e amaro arresto. Il suo bucaneve giaceva appassito e calpestato innanzi a lui. Nel mezzo di quest'angoscia, non abbandonò totalmente le redini dell'autocontrollo, poiché appena udì salire le scale in avvicinamento alla camera, egli si asciugò furtivamente le lacrime e represse le emozioni. Fuggì di corsa, lasciò la stanza appena il nuovo arrivato entrò.

(...) la seguì nella tomba e versò le sole lacrime che la sua ferrea virilità avesse conosciuto, sulla terra che copriva i suoi freddi resti.

---

[31] Custoditi alla Pierpont Morgan Library d New York.

GENETICA LETTERARIA

Vestiti, libri, qualche mobile essenziale, lo scrittoio, bauli, scatole, moglie e sei figli. Il giovane reverendo Patrick Brontë, impetuoso irlandese, caricò tutto sul carro e partì da Thornton, nel cuore dello Yorkshire. Era il 1820. Destinazione: Haworth, parrocchia più redditizia di circa quattromila abitanti.

Sette bocche da sfamare con duecento sterline l'anno tuttavia non erano molte, ma sicuramente più di quelle percepite a Thornton. Sette bocche alle quali si sarebbero aggiunte quelle della governante e di un buon numero di animali domestici, cani, gatti, galline, oche... Di sicuro nei suoi primi giorni la canonica della chiesa di S. Michele e tutti i Santi non sottostava alle leggi del silenzio, quello che negli anni divenne padrone tra le fredde stanze esposte ai venti della brughiera, alle nevi dell'inverno, ai profumi di erica e ginestra d'estate.

È in questa piccola cittadina industriale dello Yorkshire che la famiglia Brontë trovò la propria dimensione, un po' per naturale attitudine del carattere, un po' per eventi funesti e fatali che letteralmente ne dimezzarono i ranghi. Maria Branwell, moglie paziente, fu la prima ad andarsene. Sei gravidanze una dietro l'altra, debolezza di costituzione e condizioni igieniche sfavorevoli, la condussero alla tomba quando la sua ultima nata, Anne, aveva un anno. Le sue prime due figlie, Maria ed Elizabeth, di otto e sette anni, uccise dagli stenti della scuola per figli di ecclesiastici indigenti, a Cowan Bridge, morirono in casa poco dopo aver lasciato quel luogo malsano. Sopravvissero Charlotte ed Emily, portate via di corsa, appena in tempo, ma forse non totalmente al sicuro dal gene della tisi che serpeggiava tra quelle mura. Anne era troppo piccola per la scuola. Branwell non ne aveva bisogno, il padre gli faceva da insegnante. Cowan Bridge, la scuola bigotta che rivive nella Lowood di *Jane Eyre*, l'incubo di Charlotte, a loro fu risparmiata. A proposito... stiamo parlando di una famiglia che annovera tra i suoi ranghi le autrici di *Jane Eyre* e *Cime tempestose*. Charlotte resistette a quella e ad altre disgrazie con una forza di fisico e di mente inspiegabile. Scrisse *Jane Eyre*, per sfogarsi, e divenne Charlotte Brontë. La vestale Emily, sacerdotessa della Natura, donna uniformata alla dimensione di se stessa, sorella amatissima, scandalizzò il mondo con *Cime tempestose*. Ma quanta sofferenza, quanto dolore per pagare quella fama. Lo sappiamo che nella vita tutto ha un prezzo. Lo sapeva bene Charlotte. Come se avesse fatto un patto col destino, non col diavolo, quello ce l'aveva già in casa nei panni del fratello Branwell. Come diceva il poeta Thomas Gray? "Il sentiero della gloria conduce alla tomba"[32]. E per una ragazzina che costruì i suoi sogni maledetti leggendo Lord Byron si poteva solo sperare nell'impossibile, nella felicità.

Tutto ciò fu la famiglia Brontë, morte e lettere nel cuore dell'Inghilterra di metà Ottocento, la cui eroina di oggi è Charlotte.

Sogni, a fondamento della sua esistenza, medicina alla solitudine. Ma come poteva esser sola se aveva l'amata

---

[32] T. Gray (1716-71), poeta inglese, *Elegia a una chiesa di campagna*, vv. 33-6.

sorella Emily che impastava pane croccante e l'adorata sorellina Anne che giocava col suo cagnolino Flossy? Come poteva sentirsi sola con quel fratello che impegnava pazienza e famiglia in sforzi estremi di comprensione e sopportazione? Eppure era sola. Una solitudine mentale, quasi un'emarginazione psicologica. Sì, si può esser soli pur circondati da centinaia di persone. A rompere quella condanna fu di nuovo la scuola. La timida bimba Charlotte dovette riprovarci. Stavolta a Roe Head, ambiente meno malsano di Cowan Bridge, ma non certo la fiera della gioia. Da allieva non andò poi tanto male, anche se per lei la scuola era una tortura: anche lì tendeva a isolarsi, a non giocare con le compagne. Il destino poi decise di intervenire con un evento fatale: Charlotte incontrò le amiche della vita Ellen Nussey e Mary Taylor, due caratteri opposti che le fecero conoscere il potente calore dell'amicizia. Per sempre.

Insegnare a Roe Head fu peggio che esserne allieva. Inutile insistere: insegnare non era per Charlotte. Il solo pensiero di coltivare le menti ottuse e l'istruzione di ragazze poco volenterose fu un'altra condanna. E per accanimento di quella vita con la quale aveva patteggiato il dolore per la fama pur involontariamente, inconsciamente, per un nostro pensiero in cerca di spiegazioni, Charlotte doveva insegnare, che fosse da istitutrice privata o insegnante di scuola, non aveva scelte per assicurarsi una piccola rendita sufficiente a sopravvivere. L'alternativa qual era? Matrimonio, di convenienza. Neanche a parlarne. Chi avrebbe scelto per moglie la figlia bruttina senza dote di un reverendo di campagna? Per aggirare la vergogna, per romanticismo genetico ereditato dalla madre, scelse di rifiutare quella via, prima che fosse quella a emarginare lei. Per la società non si sarebbe piegata alla stereotipata soluzione di emergenza che assicurava un futuro economico a una donna.

Charlotte rigettava ogni convenzione sociale sulla condizione della donna, lei voleva essere bandiera di un femminismo inaccettabile per quei tempi. Per se stessa si sarebbe sposata solo con l'uomo che popolava i suoi sogni dannati, passionali, troppo irreali. Per la realtà si negava al matrimonio, anche perché non credeva che un uomo l'avrebbe mai guardata e quando le fecero due proposte (Henry Nussey fratello di Ellen e James Taylor della casa editrice Smith, Elder & co.), le parve un incubo. Accontentarsi per farsi accettare dalla società? Mai. Perché svendersi? Anche se era povera e poco attraente, doveva sposare chi le faceva orrore solo per disperazione?

Ancora sogni. Il desiderio dell'amore vero, nato fin da bambina quando creò un mondo fantastico, *Angria*, nel quale ogni fantasia era lecita, ossessiva al punto che da ventenne a Roe Head divenne una malattia da nascondere. Odio! Per chi osava interrompere i suoi sogni alla luce del giorno, mentre in classe le allieve testone facevano i compiti. Come osavano quelle bambinette sciocche interrompere il meccanismo creativo della loro insegnante che sognava l'amore dell'avventuriero Zamorna? Era un'ossessione, creativa al punto da desiderare la notte perenne per nascondersi sotto le coperte e sognare, inventare, più e più volte lo stesso pensiero, per memorizzarlo, arricchirlo e migliorarlo, in attesa del tempo libero per scrivere. Ma i giorni a Roe Head non produssero che pagine di diario fondate su un solido malessere. Solo Emily e Anne conoscevano quell'istinto alla scrittura così caldo nelle vene da comprendere il dolore della sorella. Non che le loro condizioni fossero migliori. Emily voleva scappare da quella scuola. Voleva stare a casa. D'altronde, insegnare o aspettare un marito che forse non sarebbe mai arrivato erano le uniche prospettive di una ragazza del loro tempo. Ma loro non appartenevano a quel tempo...

Angria. Cielo d'Africa, caldo e appassionato d'amore, senza leggi di logica, senza trama predisposta, dove chi viene ucciso da Branwell viene resuscitato da Charlotte. Dove Zamorna, eroe pieno di macchie, regna e ama circondato da una vorticosa miriade di personaggi dannati degni di Maupassant. I sogni di Charlotte erano popolati all'inverosimile, ecco perché anche i suoi primi scritti sono pieni di personaggi; ecco, forse questo era uno dei suoi punti deboli.

Ossessionata oltre ogni limite da mondi inesistenti eppure pulsanti di vita, la ragazza della canonica si liberò di Roe Head. Proprio non ce la faceva. Se doveva sacrificarsi a insegnare, che almeno fosse in casa propria, datrice di lavoro di se stessa e soprattutto dove nessuno le avrebbe impedito di scrivere, di sfogarsi.

Mania per la scrittura. Altro gene brontëano. Tutti scrivevano in quella famiglia, madre, padre, figli! Esemplare il libro curato da Christine Nelson per la Morgan Library: *The Brontës: a family writes*. Mai titolo fu più giusto. Una famiglia che scrive. La governante raccontava. E i bambini scrivevano. Tabby, col suo mondo oscuro di fantasie irlandesi, aggiungeva carburante all'immaginazione dei piccoli Brontë. Come se ne avessero bisogno. Eppure non bastava mai. Cos'altro potevano fare se non studiare, leggere e creare i loro regni immaginari? *Angria* è il punto di partenza. Un ciclo narrativo di migliaia di paginette, microscopiche paginette rilegate in minuscoli libretti frutto di pura necessità scrittoria, diventò nel tempo un *corpus* letterario senza paragoni per degli adolescenti che di giorno correvano per la brughiera dietro a cani e falchi. Liberi. Loro erano diversi dagli altri bambini. Loro sognavano oltre i limiti, da piccoli e da grandi, fino a rendersi conto di avere un potenziale illimitato messo a freno solo dalla falce della morte precoce, per tutti.

Quel talento! Quei bambini che parlavano come dei politici adulti! Andavano solo guidati. Branwell fu l'unico a rifiutare quella guida. Si credeva arrivato per colpa delle adulazioni paterne, degli incoraggiamenti insistenti. Si credeva un artista fatto. Doveva ancora partire per il viaggio che le sorelle intrapresero in silenzio e senza proclami. Branwell era fin troppo sicuro di sé, corroso dal duplice moto di voler fare l'artista e doverlo fare per non deludere le aspettative del padre. Sì, va bene incoraggiare i figli, con moderazione però. Il reverendo osò troppo. Spese troppo, togliendo alle figlie. Le figlie lavoravano umilmente per pagare gli studi al fratello, convinte che lui avrebbe ricambiato dopo, mantenendole con le sue fortune artistiche. Che mesta illusione…

Le lettere agli scrittori del tempo suonavano come una supplica arrogante e isterica. C'era poco da fare, lo stile in prosa di Branwell era incomprensibile, le sue poesie troppo estreme e non all'altezza dei gusti contemporanei. Sarebbe affondato, inevitabilmente. Il talento c'era, non bastava, andava aiutato, non era al livello delle sorelle, totalmente ignorate dal padre. Non erano le donne a dover mantenere la famiglia, tantomeno con l'estro letterario. Era l'uomo che doveva occuparsene. Le figliole potevano scrivere per divertimento, non furono mai ostacolate in questo, unico pregio che riconosciamo al reverendo padre. Ma nulla di più dello svago nelle lunghe giornate invernali. E mentre Branwell ci provava anche con la pittura, Charlotte si faceva grande, si faceva adulta e dava l'*Addio ad Angria*, ai sogni giovanili. Vi cito un altro libro, il romanzo di Syrie James che in italiano è stato tradotto come *I sogni perduti delle sorelle*

Brontë. Altro meraviglioso titolo, che racchiude tutto della loro vita. Sogni perduti. Sogni da abbandonare.

O almeno così doveva essere di ritorno da Roe Head, dove Charlotte aveva sofferto non solo di nostalgia per la famiglia ma anche per le sue fantasie libere. In quel momento accadde qualcosa. Charlotte ci ripensò. Aveva sempre sostenuto di dover alimentare il fuoco dell'immaginazione e mai di spegnerlo:

"L'immaginazione è una facoltà forte, inquieta che esige di essere ascoltata e messa in esercizio: dobbiamo rimanere completamente sordi al suo richiamo e indifferenti alle sue traversie?"[33]

Così, unendo quella fiamma a una nuova voglia di scrivere, Charlotte trasportò i suoi vecchi personaggi in un nuovo mondo, dalla calda Verdopolis alla fredda vecchia Inghilterra, e un nobile colono africano diventò uno scapestrato gentiluomo dello Yorkshire. Se più avanti negli anni, Charlotte scoprirà che la sua capacità narrativa si fondava più sul vissuto che sull'inventato, a ventitré anni è ancora abbagliata da uomini instabili e donne schizzinose. Non riesce proprio a liberarsene. Non poteva. A ventitré anni le sue esperienze mondane erano pressoché inesistenti. Così mise insieme due mondi: il primo fu il mondo aristocratico, da lei ignorato totalmente, sviluppato con la fantasia e per sentito dire; il secondo fu il mondo della scuola collegiale, ossia il suo progetto di aprirne una nella canonica

---

[33] S. Grosoli (a cura di), *Ho tentato tre inizi. Charlotte Brontë, lettere 1847-1853*, L'iguana Editrice, Verona 2015, lettera a George Henry Lewes, 6 novembre 1847

"forte" della sua esperienza di istitutrice presso la famiglia Sidgwick e del suo insegnare a Roe Head. Il risultato fu il ritorno degli Alexander, dei William, degli Edward dei suoi vecchi racconti adolescenziali, sempre in veste di dannati (e guai se non fosse così), in più gentiluomini viziati oscillanti pericolosamente sui piatti di una bilancia che pesava la ricchezza e la miseria a fasi alterne.

Ricchezza. Quella che Charlotte non aveva. Le donne di questo progetto eterno e irrinunciabile erano di due tipi: la viziata e ricca aristocratica, un genere di persona che Charlotte detestava profondamente, e la ragazza lavoratrice per forza, come lei, che per sopravvivere doveva umiliarsi a un lavoro socialmente degradante come quello dell'istitutrice. Oggi questo ci sorprende ma quel ruolo era sullo stesso livello sociale di una serva lavapiatti. Il cane di una famiglia borghese aveva più considerazione dell'istitutrice.

Dunque la scarsa esperienza di vita e il progetto futuro si unirono finché tra il 1839 e il 1840 fu composto un racconto, probabilmente non ancora terminato, ma di un sufficiente numero di pagine per essere sottoposto a un giudizio.

Sulla scia delle disastrose e imbarazzanti lettere di Branwell, Charlotte decise di inviare il manoscritto a Hartley Coleridge, figlio del poeta Samuel. La risposta fu terribile, gentile ma terribile. Il manoscritto fu ritenuto dispersivo, confuso, con troppi personaggi, chi troppo delineato inutilmente chi troppo poco. Quello che oggi noi intitoliamo *Ashworth* venne giudicato negativamente e rispedito al mittente. Ma come suo solito, Charlotte si sottometteva al giudizio per non accettarlo se negativo e rispondendo come sempre con una punta di ironia spavalda. Non dico indignazione ma una sorta di isteria dei giusti la prendeva a difesa di se stessa. Non era la stessa presunzione del fratello, lei credeva davvero nel proprio valore, specie se doveva confrontarsi con scrittrici e autori che secondo lei non erano degni di pubblicazione eppure stavano lì, su tutti i giornali del tempo. Perché loro sì e lei no? Non le sembrava, anzi, era convinta di possedere un valore maggiore, di meritare un posto tra le penne che riempivano a puntate i quotidiani più diffusi. Non ci stava. Rispose a Coleridge senza risparmiarsi. I suoi sforzi non dovevano essere buttati via. È quasi una presa in giro, un'educazione forzata quella di ringraziare per la gentile risposta che ne evidenzia i limiti. Ma dentro era un fuoco! Ci illude con un incipit gentile e sottomesso, poi esplode.

Sono stata così felice di ricevere la vostra lettera, come se questa venisse dal professor Wilson, contenente un permesso di ammissione al Blackwood Magazine. Voi certamente mi illudete molto insinuando troppe luminose speranze alla mia immaginazione – ma nell'insieme posso percepire che scrivete da uomo onesto e gentiluomo – e vi sono molto obbligata sia per la sincerità sia per la civiltà della vostra risposta. Sembra che i signori Percy e West con tutta probabilità non siano gentiluomini tali da impressionare l'animo di qualche Editore a Christendom? Bene, li affido all'oblio con molte lacrime e molta afflizione, ma spero di poterlo superare[34].

La vostra opinione che l'opera potrebbe essere estesa a tre volumi è molto moderata, mi sento trascinata dal vigore e dalla perseveranza di un Richardson e potrei tenere il fuso giorno e notte fino ad allungare il filo e triplicarne la lunghezza – ma voi, come la più spietata Atropo[35], avete tagliato corto al suo principio – non penso evitereste di fare lo stesso con l'immortale Sir Charles Grandison se Samuel Richardson

---

[34] Nella prima parte delle risposte ai rifiuti ringrazia sempre, poi si scatena e parte l'autodifesa.
[35] Una delle Parche del mito greco, filatrici della vita degli uomini.

Esquire[36] *vi avesse spedito le prime lettere della signorina Harriet Byron – e della signorina Lucy Selby da ispezionare – signore, sono lettere bellissime, la signorina Harriet canta le proprie lodi tanto dolcemente quanto un cigno morente – e i suoi amici si uniscono al coro, come una carovana di onagri nel deserto. È molto edificante e vantaggioso creare un mondo fuori dalla propria immaginazione e popolarlo di gente come tanti Melchisedecchi – "Senza padre, senza madre, senza discendenti, senza principio di giorni né fin di vita"*[37]. *Conversando giornalmente con tali esseri e abituando i nostri occhi ai loro abiti abbaglianti e alle loro fantastiche caratteristiche – voi acquistate un tono di spirito ammirevolmente calcolato mettendomi in grado di liberare figure rispettabili nella vita pratica – Se voi siete mai stato abituato a tale società signore, sareste conscio di come distintamente e vividamente le loro forme e caratteristiche li fissino sulla retina di quell'"occhio interiore" che è detto essere "la felicità della solitudine". Qualcuno di loro è tanto brutto – potete paragonarli soltanto a grotteschi oggetti scolpiti da un pagano istupidito per il suo tempio – e qualcuno di loro in modo così soprannaturale e bello che il suo aspetto vi spaventerebbe tanto quanto la statua di Pigmalione deve aver spaventato lui – quando la vita iniziò ad animare le sue forme cesellate e accendendo i suoi occhi ciechi di marmo.*

Mi dispiace signore, non c'ero quaranta o cinquant'anni fa quando il Lady's Magazine fioriva come un alloro. In quel caso non ho dubbi che le mie aspirazioni di gloria letteraria avrebbero incontrato i dovuti incoraggiamenti. I signori Percy e West sarebbero avanzati come eroi sopra un palco, meritevoli delle loro richieste avrebbero lottato per la palma del trionfo con gli Autori di Derwent Priory – degli Abbey e di

---

[36] Samuel Richardson (1689-1761), scrittore inglese, autore *di Sir Charles Grandison. In a series of letters*, protagoniste anche le succitate Harriet Byron e Lucy Selby.

[37] Ebrei 7:3. Melchisedech re di Salem e figlio di Noè.

Ethelinda[38]. Vedete, signore, ho letto il Lady's Magazine e ne conosco il contenuto – sebbene non sia abbastanza certo[39] della correttezza dei titoli che ho citato, è passato molto, molto tempo da quando ho letto attentamente le edizioni antiche in cui questi racconti erano divulgati. Li ho letti prima che avessi appreso come criticare o obiettare – erano vecchi libri appartenenti a mia madre o a mia zia, hanno attraversato il mare, hanno sofferto il naufragio ed erano scoloriti dall'acqua salmastra. Li ho letti con piacere nelle sere libere o in segreto quando avrei dovuto studiare. Non vedrò mai altro che mi interesserà nuovamente così tanto. In un giorno di rabbia mio padre li bruciò perché contenevano folli storie d'amore. Con tutto il mio cuore desidero essere nato in tempo per contribuire al Lady's Magazine. Sono contento che voi non possiate decidere se appartengo al gentil sesso o al sesso forte - e sebbene all'inizio non avessi intenzione di essere misterioso sull'argomento – ancora casualmente ometto di fornire tracce, oso di proposito nascondere la verità – visto che voi non dovete tirare le conclusioni dalla mia calligrafia o dai vezzi da signora che ravvisate nel mio stile e nella mia fantasia.

Molti giovani gentiluomini si arricciano i capelli e indossano busti – Richardson e Rousseau[40] – spesso scrivono esattamente come donne anziane – e Bulwer e Cooper e Dickens e Warren come collegiali[41]. Seriamente, signore, vi sono molto obbligato per la gentile e sincera

---

[38] Derwent Priory or Memoirs of an orphan. In a series of letters e Tales of the Abbey, di A. Kendall (1798 ca.); The Spectre of Lanmere Abbey di Sara Wilkinson (1779-1831) autrice anche di Athelwald and Ethelinda.

[39] Scrivendo in inglese Charlotte non aveva difficoltà a mascherare la propria identità. Alcuni aggettivi tradotti in italiano però devono essere declinati al maschile per dare un senso alla firma finale, dove l'autrice celava il proprio nome con uno pseudonimo maschile.

[40] S. Richardson cfr. nota 36, J. J. Rousseau (1712-78) scrittore francese.

[41] E. Bulwer-Lytton (1803-73) scrittore inglese; J. F. Cooper (1789-1851) scrittore inglese; C. Dickens (1812-70) scrittore inglese; S. Warren (1807-1877) scrittore inglese.

lettera – e nell'insieme mi sono meravigliato del vostro disturbo a leggere e occuparvi del semi serio raccontino di un anonimo che non ha ancora modo di dirvi se è uomo o donna o se il suo banale CT significhi Charles Tims o Charlotte Tomkins.[42]

Non fu l'unica risposta vivace, ironica, battagliera che teneva a freno l'indignazione e il fastidio. Parole simili furono inviate a Wordsworth pochi mesi prima, in primavera:

Gli autori generalmente sono molto attaccati alle loro opere ma io non lo sono a questa tanto da non potervi rinunciare senza grande rammarico. Se avessi continuato ne avrei fatto senza dubbio qualcosa di molto richardsoniano... Avevo in mente materiale per almeno una mezza dozzina di volumi... Naturalmente è con rimpianto non trascurabile che rinuncio a svolgere un tema attraente come quello che ho abbozzato. È molto utile ed edificante creare un mondo nella propria immaginazione e popolarlo di abitanti che sono altrettanti Melchisedech e non aver né padre né madre che la propria fantasia. Rimpiango di non aver vissuto cinquanta o sessant'anni fa quando il Lady's Magazine fioriva come un verde alloro. In quel caso, non dubito che le mie aspirazioni alla fama letteraria avrebbero incontrato il debito incoraggiamento e avrei avuto il piacere di presentare i signori Percy e West alla migliore società per poi consegnare per iscritto tutto ciò che facevano e dicevano su pagine a due colonne di fitti caratteri a stampa... Ricordo che da piccolo, se riuscivo a prendere qualche libro antiquato, lo leggevo di nascosto col più grande dei piaceri. Voi descrivete correttamente delle pazienti Griselde[43] *di quei giorni. Mia zia fu una di loro; e ancora oggi ritiene i racconti del Ladies' Magazine*

---

[42] J. Barker, *The Brontës: a life in letters*, Little Brown, London 2016, p. 85 (t.d.c.)
[43] Personaggio del *Decameron* di Boccaccio.

infinitamente superiori a qualsiasi altra moderna sconsiderata robaccia letteraria. Lo stesso per me, poiché li lessi durante l'infanzia e questa possiede una grandissima facoltà di ammirazione ma un debole senso critico. Sono lieta dell'idea che lei non possa stabilire se io sia l'impiegato di un avvocato o una sarta dedita alla lettura di romanzi. Non intendo aiutarla a scoprirlo; in quanto alla mia grafia o quel non so che nello stile e nella scelta delle immagini che suggeriscono la gentildonna, lei non deve trarre conclusioni da queste – potrei aver impiegato un amanuense. Seriamente, signore, le sono molto obbligato per la sua sincera lettera. Quasi mi meraviglio per il disturbo che si è dato nel leggere e prestare attenzione al romanzetto di un anonimo scriba, che non ha nemmeno guisa di dirle se è uomo o donna e se le iniziali CT significhino Charles Timms o per Charlotte Tomkins.[44]

Secondo i timbri postali sul manoscritto inviato a Coleridge e vista la risposta di Charlotte del 10 dicembre, pare che *Ashworth* subì una revisione non più tardi del febbraio 1841, quando ormai la stessa Charlotte lo fece per una questione di puntiglio. È vero che la storia era stata giudicata imperfetta, confusionaria e pur ignorata da Coleridge e Wordsworth, legata troppo al modo di scrivere e ai temi di *Angria*. Charlotte volle proprio per questo aggiustarla. Certo non fu sufficiente modificare i cognomi dei protagonisti.

Oggi leggiamo quel manoscritto e vediamo principalmente una cosa: la voglia di arrivare. Charlotte ci

---

[44] C. Shorter, *The Brontës. Life and letters. Being an attempt to present a full and final record of the lives of the three sisters, Charlotte, Emily and Anne Brontë from the biographies of Mrs Gaskell and others, and from numerous hitherto unpublished manuscripts and letters*, Hodder and Stoughton, London 1908, lettera 68 senza data. Sulla menzione di un fantomatico Charles Timms notiamo la differenza con la lettera a Coleridge, dove il cognome varia in Tims.

perdonerà, non vogliamo dar ragione a Coleridge, però è vero, il testo è confuso, si dilunga nelle descrizioni, i dialoghi sono telegrafici e sterili, non si capisce chi sia il personaggio principale. Dopo un giudizio negativo, inevitabilmente o si mette tutto nel cassetto e addio sogni di gloria o si corregge l'errore con una mano sul fegato.

Charlotte non accettò la resa, si mise in pausa, forse avrebbe ripreso l'impeto dopo qualche tempo: settimane, mesi, anni… mai? Quanto era lungo *Ashworth*? Oggi noi lo classifichiamo come incompiuto, ma solo perché non abbiamo tutte le parti effettivamente esistenti. O forse davvero non fu finito. Perché? Perché forse Coleridge aveva ragione? Perché non bastava sentirsi bravi per essere bravi? O perché, come accadde per gli ultimi due incompiuti, un'idea prese il posto dell'altra?

La storia della famiglia Ashworth è un lungo, lunghissimo antefatto a quello che, a ragion d'istinto e logica, sarebbe diventata la travagliata storia d'amore tra Mary Ashworth e Arthur Ripley West, passando per un tradimento alla Zamorna con un gioco di corteggiamenti a scapito di Marian Fairburne. E non sono questi Arthur Wellesley duca di Zamorna e Marian Hume di *Angria*? Loro, come tanti altri degli insistenti juvenilia, che tornano? Ed Ellen Hall, la ragazza che lavora, la trasposizione di Charlotte, il prototipo di Jane Eyre passando per la Frances Henri de *Il professore*, che lavora per mantenersi, che ruolo avrebbe avuto in tutto questo? E Amelia De Capell? La frivola arrogante ereditiera modellata sulla reale Amelia Walker, compagna di scuola di Charlotte e di rango sociale maggiore, sarebbe stata un'altra amante di Zamorna-West? Troppe donne, un solo uomo, che ha una vita poco lusinghiera, quasi un giovane Rochester, ricco, sregolato vanesio ma, ancora, solo un abbozzo di quel che doveva essere. Un prototipo. Un altro… troppe donne per un solo uomo, ma tanti altri uomini presenti in questa storia:

- John De Capell
- Thornton De Capell
- Edward Ashworth
- William Ashworth
- Alexander Ashworth

Per quanto ne sappiamo, tutti accomunati da un carattere ambiguo. Come tutti i personaggi di Charlotte, anche di loro vengono enunciati pregi e difetti in modo da mettere in difficoltà il lettore che non riesce a scegliersi un preferito. Quando uno di loro è descritto come un indiavolato, dopo poche righe non è poi tanto male... Insomma, tutti abbiamo pregi e difetti. I personaggi brontëani ne hanno a profusione e raramente gli uni prevalgono sugli altri. William è il diligente fratellino minore, ma ha un caratterino pure lui!

Tra tutti questi nomi, proprio Ellen Hall (che portava il nome di Ellen Nussey?) sembra uscire dagli schemi angriani. È un ragazza più inserita nel tessuto sociale inglese, lavoratrice senza famiglia, sola, costretta al sacrificio, quella persona che dalla vita non riceve niente e si deve guadagnare tutto.

Il romanzo si interrompe quando si accende la scintilla: Ripley punta la fredda (ma ricca!) Mary Ashworth. Folgorato. Proprio quando l'attenzione del lettore viene catturata, ecco che dobbiamo interrompere la lettura. Il seguito esiste, ma chissà dove... chissà quando verrà trovato.

Narrazione in terza persona, autrice distante da ciò che narra, elementi fissi: William ed Edward fratelli in contrasto, ricca ereditiera viziata, ricca ereditiera magnanima, fortune economiche che vanno e vengono. Ci vollero anni perché Charlotte si liberasse di tutti questi elementi o almeno per modificarli al punto da camuffarli in nuove esperienze, con una bravura che li rese quasi nuovi nel loro vecchiume inflazionato: ragazza povera (*Jane Eyre*), fratelli in contrasto (*Il professore*), fortune altalenanti (*Shirley*), lavoratrice per forza (*Villette*).

Eppure dopo quindici anni, a un passo dalla fine, quando forse Charlotte non aveva più nulla da dire, sposata e soddisfatta, tutto quel mondo ritornò in *Emma* e nel suo probabile prologo *La storia di Willie Ellin*. E se è vero che lei stessa confessava il bisogno di una nuova fantasia dopo *Angria*, è vero anche che non fu l'esperienza a Bruxelles a cambiarle il passo al punto di nascere in *Jane Eyre*. Il cambio di direzione, la svolta, si verificò nel momento in cui più di altre volte temette di non avere abbastanza risorse economiche per vivere scansando la povertà. L'operazione di cataratta del padre a Manchester le diede tempo per pensare e cancellare i suoi sogni ormai perduti. Quell'intervento poteva anche finire male. Cosa ne sarebbe stato di lei? Di Emily? Di Anne? Di Branwell che doveva occuparsi di loro come unico figlio maschio lavoratore e che invece perdeva un impiego dopo l'altro perché un artista non deve abbassarsi a lavorare?

Emerse Charlotte, nacque Jane. Narrazione in prima persona, come per dire: io sono Jane! Arrivò la fortuna. Ora poteva rinfacciare tutte le risposte negative ricevute riguardo la sua incapacità di scrivere. Ora la pagavano. Ora doveva sentirsi viva. Doveva…

Nel 1983 il manoscritto di *Ashworth* prese vita. O forse dovremmo dire *i* manoscritti, poiché l'opera di ricostruzione effettuata da Melodie Monahan si fondò su due raccolte di "reperti" appartenenti a due biblioteche statunitensi.

Scritti sullo stesso tipo di carta, con la stessa scrittura microscopica che caratterizzava la calligrafia adolescenziale di Charlotte, i due blocchi, li chiameremo così, si presume non siano gli unici esistenti. Da qualche parte, forse in qualche altra biblioteca che ignora di averli o a casa di qualche altrettanto ignaro venditore con la sua bancarella da mercatino antiquario ambulante, esistono altri brani del racconto, come suggerisce un frammento slegato dalla narrazione iniziale. Ma andiamo con ordine.

La parte più consistente del testo è conservato alla Harvard College Library nel fondo Henry Elkins Widener Memorial Collection[45] e si tratta di sei fogli liberi e un libretto di ventiquattro pagine in possesso fino al 1915 della famiglia Widener, ove annotò il titolo di *Mr. Ashworth and son.* Si tratta della parte più corposa contenente l'inizio della storia.

Un secondo blocco di sei fogli liberi denominati *Prose Fragments* sono conservati alla Pierpont Morgan Library nel fondo Henry H. Bonnell[46] dal 1969 per lascito testamentario della vedova Bonnell.

Con tutta probabilità l'intero *corpus* fu venduto dal reverendo Arthur Bell Nicholls, vedovo di Charlotte, al collezionista Clement Shorter che se lo divise con l'altrettanto collega affarista T. J. Wise nel 1895. Si diceva dell'esistenza di un singolo foglio che narra un evento slegato dal blocco principale e che sembra svolgersi in un futuro prossimo in merito ai personaggi di Arthur Ripley e Marian Fairburne.

---

[45] Nello Stato del Massachusetts.
[46] Nello Stato di New York.

L'inizio di questo frammento lascia presupporre l'esistenza di tutto ciò che Charlotte aveva scritto tra la fine del capitolo IV e l'evento in questione, forse riferito alla morte struggente di Marian tra le braccia di Arthur. L'indizio è nella sola menzione di un "bucaneve", che troviamo proprio nel capitolo IV e nel sospiro di Marian all'uscita di scena di Arthur. L'idillio tra loro sarebbe inevitabile e la nostra supposizione vede Arthur legato a Marian per fare un torto a Mary Ashworth, la signorina che mai si sarebbe data a un simile scapestrato. Esattamente quello che accade in *Angria*.

Il titolo del blocco di Harvard, *Mr. Ashworth and son*, e il titolo che oggi usiamo noi, *Ashworth*, sono dunque arbitrari e forse impropri, lungi dalle intenzioni iniziali di Charlotte, la quale dopo i primi due lunghi capitoli con protagonista un Ashworth padre e un Alexander Ashworth figlio, ci dice che l'eroe della storia è Arthur Ripley West. Dovevamo aspettarcelo. Siamo di nuovo in quel dubbio persistente che si rivela in *Shirley* anni dopo: iniziamo a leggere e non si capisce chi sia il protagonista. Si parte con uno, si finisce con un altro…

L'unico elemento "Ashworth" che pare assurgere a centro della storia sarebbe Mary, che fa breccia nel cuore di Ripley che ha fatto breccia nel cuore di Marian e forse anche di Amelia. I belli e dannati non hanno mai una sola fiamma… Il triangolo (a volte quadrato!) amoroso c'è sempre in tutti i romanzi di Charlotte:

Il professore: William Crismorth-Frances Henri-Mme Zoraide Reuter

Jane Eyre: Jane-Rochester-Lady Ingram

Shirley: Caroline Helstone-Shirley Keeldar-Robert Moore

Villette: Lucy Snowe-Paul Emmanuel-Mme Modeste Beck

E nella vita, anche se in molti non sono d'accordo:

Charlotte-prof. Héger-Mme Héger

Non sappiamo in che misura si svilupperà questo groviglio ma Mary-Arthur-Marian: lo ribadiamo, sono nomi che vengono dagli juvenilia con tutte le loro storie appresso. Non possiamo prescindere da questo.

Scritto tra il luglio del 1839 e il finire del 1840 di ritorno dalla famiglia Sidgwick, il racconto rivela alcuni indizi di quell'esperienza: la condizione femminile disagiata, alcuni paesaggi, alcune persone, come anche il cane terranova.

Sappiamo dunque quando Charlotte iniziò a scrivere questo racconto. Ora soffermiamoci sul perché lo scrisse. Nel 1839 Charlotte cominciava a pensare al suo futuro, a come mantenersi. Depressa per la disparità di eventi tra sogni messi su carta e vita reale, sentì il bisogno di rinnovarsi. Aveva bisogno di scrivere qualcosa di diverso, aveva bisogno della vita vera e non più di nobili anglo-africani importati da città inesistenti verso altrettanti luoghi inventati. Ormai era talmente fuorviata dalla fantasia da soffrire di allucinazioni. A Roc Head le parve di vedere Zamorna. Sognava ad occhi aperti. Cambiare questo stato mentale significava dire basta ai sogni sfrenati e la sua più grande certezza era che *Angria* non sarebbe mai stato pubblicato. Non era nato per quello scopo. Non ai suoi tempi. Questa impellente necessità doveva essere messa per iscritto, quasi a suggellare il patto con se stessa, a convincersene. Non bastava pensare, doveva essere un testamento e lo fece col celebre brano *Addio ad Angria*.

"Ho scritto molti libri e per lungo tempo ho indugiato sulle stesse scene, sugli stessi argomenti e personaggi. Ho descritto i paesaggi in ogni sfumatura di luce e di ombra provocata dal sole che sorge, si innalza e tramonta – al mattino, a mezzogiorno o alla sera. Talvolta ho riempito l'aria di bianche tempeste invernali, mentre la neve ricamava le braccia tetre del faggio e della quercia o si accumulava nei parchi delle pianure e nei passi di montagna delle regioni più impervie. In estate, tenui raggi di luna hanno soffuso sempre la stessa dimora circondata da boschi, le stesse brughiere e vallate, e nelle sere più tiepide di giugno gli alberi hanno inclinato le loro teste piumate su radure fiorite. È accaduto così anche con i personaggi. I lettori si sono abituati a una serie di lineamenti, che hanno contemplato di profilo, in pieno volto, nei contorni o a ritratto ultimo, variati solo dal mutare dei sentimenti, degli stati d'animo e dell'età; illuminati dall'amore, infiammati dalla passione, oscurati dal dolore, accesi dall'estasi; colti nella meditazione e nell'allegria, nel dolore, nel disappunto e nel rapimento; con i tratti rotondi dell'infanzia, la bellezza e il vigore della gioventù, la forza della maturità, i solchi della vecchiaia pensosa. Ma è necessario cambiare, poiché l'occhio è stanco di immagini così frequenti e ormai così familiari.

Adesso, lettori, lasciatemi un po' di respiro; non è facile allontanare dalla fantasia i personaggi che l'hanno abitata così a lungo; erano miei amici e compagni affezionati, e con poca fatica potrei descrivervi i volti, le voci, le azioni di coloro che popolavano i miei pensieri di giorno, e spesso di notte si affacciavano furtivamente nei miei sogni. Separandomi da loro, mi sembra di essere sulla soglia di una casa a dire addio agli abitanti. Quando mi sforzo di evocare nuovi inquilini, mi sembra di essere in una terra lontana, dove ogni faccia è sconosciuta e la personalità della gente è un enigma, troppo faticoso da comprendere e troppo arduo da descrivere. Eppure, desidero ardentemente allontanarmi per un po' da quel clima rovente dove abbiamo soggiornato così a lungo – da quei cicli infuocati che avvampano di un tramonto perenne; la mente deve abbandonare l'eccitazione e rivolgersi a regioni più fredde, dove l'alba irrompa grigia e sobria, e il sorgere del giorno, per una volta almeno, sia offuscato dalle nubi"[47].

Questo testo non avrebbe nemmeno bisogno di commenti. Charlotte accettò realisticamente i propri limiti. Un paradosso parlare di limiti quando leggiamo pagine e pagine di fantasia adolescenziale a briglia sciolta. Eppure un limite (o forse un freno?) c'era, lei lo vide, lo riconobbe, ammise di copiare se stessa, di usare sempre gli stessi personaggi, scene, luoghi, sentimenti. Sì. Doveva cambiare.

A questo punto ecco che pensa a un nuovo racconto che stavolta doveva essere un romanzo adatto alla pubblicazione e, per essere sicura che l'intenzione fosse giusta, si affidò al peggiore dei metodi: farsi giudicare da chi si intendeva di letteratura. Solo che lo abbiamo visto, Charlotte si sottometteva al giudizio altrui, lo cercava, ma non accettava mai un verdetto negativo. Figuriamoci due. Men che meno tre. I tre grandi "rifiuti" – non ancora editoriali di Wordsworth-Coleridge-Southey – furono anche peggio delle risposte negative degli editori, e vennero presi per quello che erano, il giudizio degli altri, ininfluente. In fondo era una ragazza di poco più di vent'anni. A quell'età nessuno che non sia una santa accetta il verdetto negativo del mondo. Lei rispondeva sempre perorando la propria causa. Lei meritava la pubblicazione. La lettera a Hartley Coleridge e più tardi

---

[47] R. Cagliero (a cura di), *Charlotte Brontë. Da Haworth ad Angria*, Coliseum, Milano 1987, p. 181-2.

quella al poeta Robert Southey sono esempi di come si sentiva piccata nell'essere ritenuta di poco valore.

La prima edizione di *Ashoworth* del 1983 fu presentata in due versioni, ossia il testo originale detto Genetic Text e la versione ricomposta detta Clear Text, sulla quale abbiamo operato la traduzione. La versione originaria mostra gli interessanti segni dell'intervento di Charlotte, per quella che è da considerare almeno una seconda stesura.

[4^r]^1 Long disuse of a pen that was once frequently handled makes me feel as if my hand had lost some of its cunning—neither can I think with that regularity—which in former times seemed habitual to me—I might also complain of an enfeebled imagination for I cannot now as formerly call up at will a vivid picture of whatever I wish to see—The <wish> ⌠desire⌡ to regain these powers which seem nearly lost prompts me to try again the task of composition—There is also a certain narrative, whose particulars I have often heard from different individuals & which I wish to condense into something like the form of a story that the names & events therein detailed may not wholly slip from my memory—I have not heard these incidents lately—nor did they come to my ear all at once—every scene & character to which I shall refer <have> ⌠has⌡ formed the theme of many anecdotes communicated in the evening talk of sundry homely firesides

M^r <West> Ashworth^2 was a man much known about the country some years ago^3—but in the West-Riding of Yorkshire where most of

I nomi dei protagonisti erano Percy e Thornton, cambiati poi in Ashworth e De Capell e che in ogni loro sfumatura riprendono le figure già narrate in *Angria*, specie della cerchia di Zamorna. Alla fine non riuscì a liberarsi del vecchiume. Oltre alla questione dei caratteri ambigui (chi è "buono" non lo è totalmente, chi è "cattivo" altrettanto) sembra esserci un altro elemento fortemente caratterizzante: i capelli rossi.

Nel breve saggio che abbiamo dedicato a *La storia di Willie Ellin*, si è identificato in Edward Ellin l'esatta riproposizione di Branwell. È lui il personaggio che più di ogni altro incarna la violenza fisica e verbale. Ma prima di giungere a quell'Edward, coronamento del tributo familiare ora che Branwell era perduto, dobbiamo passare per i capelli, i baffi, i favoriti rossi e anche rossissimi di altre comparse, come Robert King, Arthur Macshane e forse qualcun altro che non possiamo individuare ma che nella testa di Charlotte aveva quella criniera fiammeggiante tipica degli sregolati. In effetti, siamo già nel periodo di sofferenza che opprime Branwell. Charlotte non fa altro che descrivere quello che conosce e chi conosce. Tanto... chi poteva accorgersi di questo elemento preso in prestito dalla realtà? Nessuno si sarebbe preso la briga di andare a Haworth a conoscerli. Erano persone comuni. Si poteva "usare" liberamente se stessi.

Il fatto che Charlotte avesse progettato questo testo per la pubblicazione non significa che ebbe anche la capacità di inventare nuove trame. Ma è davvero una questione genetica! È davvero l'amore radicato nel dna dove ci sono sempre due fratelli di nome Edward (maggiore) e William (minore) che se le danno di santa ragione e che in seguito, con *Il professore* e *La storia di Willie Ellin*, restano involuti, il primo domina e il secondo subisce. È un tema che dura una vita, da quando col primo romanzo Charlotte aveva qualcosa da dire, fino al penultimo incompiuto, quando ormai era senza parole.

Allora il gruppo dei quattro incompiuti (o incompleti) si divide in due parti: il primo con *Ashworth* e *I Moore*, sulla scia dei temi di *Angria*. Il secondo con *La storia di Willie Ellin* ed *Emma* che ritornano indietro vagamente ad *Angria*, coi fratelli in conflitto e il collegio per signorine frivole con la comprimaria ragazza sfortunata eyriana. La differenza sta nel modo di scrivere: all'inizio troppo, alla fine troppo poco, sia per trama che per descrizioni. Nel mezzo si pongono *Jane*

Eyre, Shirley e *Villette*. Il primo blocco simil-angriano è caratterizzato da una scrittura pomposa, con l'uso esagerato di aggettivi e verbi che reggono altri verbi in infinite proposizioni senza virgole o per paradosso con troppe. La traduzione italiana è dunque obbligata a tenere conto di due stili scrittori diversi (se escludiamo il terzo e il quarto di *Jane Eyre* e *Villette*). *Ashworth* è stato per forza di cose alleggerito in quelle frasi composte da sei, sette, otto proposizioni cariche di avverbi, verbi e aggettivi che ci avrebbero confuso gli occhi e l'attenzione. Una volta ripulito il testo, la versione italiana riesce ancora a mostrare tutto lo stile verbale di Charlotte: una scrittura complessa che ha per fondamento la voglia di far scorrere la penna e di farlo a profusione, senza risparmiare un fiume di parole.

Il secondo gruppo, *La storia di Willie Ellin* ed *Emma*, rivela invece dei modi più pacati, meno intricati, più sciolti, inevitabilmente maturi, pur mantenendo quello stile piuttosto fluido che ha avuto il suo picco in *Villette*. Ma manca qualcosa. La scintilla. È sopita. Se, come sembra, questo segmento fu pensato e scritto senza interventi radicali, è vero il contrario nel primo, dove *Ashworth* è frutto di varie revisioni. Queste gradualmente hanno portato i Percy di Angria nello Yorkshire col nome di Ashworth.

Cominciamo a parlare di ciò che si conosce, regola fondamentale per Charlotte. Descrivere ciò che si vede, ciò che si vive e se lei viveva nello Yorkshire, era lì che dovevano agire i suoi Percy-Ashworth.

Quel che Branwell aveva scritto in *The Wool is Rising* nel 1834[48], il conflitto padre-figli di Alexander Percy, è ripreso

---

[48] P. B. Brontë, *The Wool is Rising or the Angrian adventurer*, in V. A. Neufeldt, *The works of Patrick Branwell Brontë, 2. voll. 1834-6, Routledge Library Editions 2015*

da Charlotte. Sono prototipi infiniti, che esisteranno finché lei non scoprirà se stessa e allora, usando la narrazione in prima persona, vivrà il dramma, lo condividerà, scrivendolo alla perfezione. Folgorandoci!

La fantasia è opprimente, come la realtà, ma in modi diversi. La fantasia era il sangue nelle vene, era l'aria nei polmoni, il nutrimento nello stomaco. La fantasia la opprimeva perché irrealizzabile: *ignis fatuus* come dice in *Ashworth*. Ma anche la realtà non era da meno. La realtà era opposta al mondo dei nobili, ricchi, spavaldi avventurieri. La realtà era una vita di ristrettezze, di insicurezze, di incertezze sul domani, di dolore dell'oggi. A una delle due si doveva porre rimedio: la fantasia divenne realtà, con sacrificio, prevalse la seconda, divenne Jane Eyre e qualcosa cambiò. Editori, scrittori, Londra, circoli letterari serali. Charlotte assaporò fugacemente tutto ciò. I suoi Angriani erano gente di mondo, lei invece tendeva a isolarsi, non voleva apparire col fisico ma con la mente e questo inevitabilmente continuò a relegarla nella lontana Haworth, prima casa adorata, poi prigione implacabile, come tutti i suoi personaggi che soffrono per gioire tutta la vita o per un solo istante. Come lei. Vissuta nella morte e morta portando in grembo la vita.

Alessandranna D'Auria

Hartley Coleridge.

William Wordsworth.

E.A. Duyckinck, Charlotte Brontë, 1873.
Ritratto postumo basato sul disegno di George Richmond.

NOTA BIOGRAFICA

1816
Charlotte Brontë nasce a Thornton nello Yorkshire, dal Rev. Patrick Brontë, irlandese, e da Maria Branwell originaria della Cornovaglia. Ha due sorelle maggiori, Maria ed Elizabeth.

1820
La famiglia si trasferisce nella più redditizia Haworth, quando già sono nati Branwell (1817), Emily (1818) e Anne (1820).

1821
Maria Branwell muore di cancro. Elizabeth, sua sorella nubile, si trasferisce dai nipoti per crescerli.

1825
Le piccole Maria ed Elizabeth muoiono di stenti causati dalla scuola di Cowan Bridge, un istituto per figli di ecclesiastici poveri. Charlotte ed Emily vengono ritirate dalla scuola appena in tempo e proseguono gli studi a casa. Insieme a Branwell danno vita al ciclo narrativo di *Angria* e *Gondal*.

1831
Charlotte viene mandata alla scuola di Roe Head gestita dalla signorina Wooler. Qui incontra Mary Taylor ed Ellen Nussey.

1835

Nella stessa Roe Head Charlotte insegna. Comincia a pensare a come mantenersi, non avendo prospettive matrimoniali.

1842

Grazie al finanziamento della zia Elizabeth, Charlotte ed Emily si recano a Bruxelles per imparare il francese e il tedesco, allo scopo di aprire una loro scuola a Haworth.

1843

Muore la zia Elizabeth. Emily torna a casa per accudire la famiglia. Anne già lavora come istitutrice e non può occuparsi di Branwell che inizia a dare segni di malessere.

1844

Anche Charlotte torna a casa. Inizia a fare progetti per la scuola, ma non riesce ad aprirla, poiché nessuna famiglia vuole mandare le figlie in un luogo tanto isolato e malsano.

1846

Col sostegno di Anne, Charlotte convince Emily a pubblicare un libro di poesie, grazie all'eredità lasciata dalla zia Elizabeth. La casa editrice Aylott & Jones riesce a venderne solo due copie. Le autrici si servono dello pseudonimo di Currer, Ellis e Acton Bell.

1847

Il primo romanzo di Charlotte, *Il professore*, viene respinto. Sul finire dello stesso anno viene pubblicato *Jane Eyre* dagli editori Smith, Elder & co. Poco dopo, l'editore Newby pubblica *Cime tempestose* e *Agnes Grey*.

1848

Per la disonestà dell'editore Newby, Charlotte e Anne sono costrette a svelare la loro identità di donne all'editore Smith. Resterà comunque un segreto per il pubblico. A settembre Branwell muore a causa di un mix di oppio, depressione e alcolismo. Prendendo freddo al suo funerale, Emily contrae la tubercolosi e muore a dicembre.

1849

Muore anche Anne per una malattia che sembra un germe della loro famiglia. Charlotte conclude a fatica *Shirley*, che viene pubblicato dopo tutti i funerali.

1853

Esce *Villette* quando il Reverendo Arthur Bell Nicholls fa la prima proposta di matrimonio a Charlotte. Respinto dal padre e nel dubbio di lei, chiede il trasferimento in un'altra parrocchia.

1854

Dopo una serie di lettere scambiate con Charlotte in segreto, Arthur insiste ancora col matrimonio, che viene celebrato il 29 giugno.

1855

Il 31 marzo Charlotte muore per una serie di cause ancora incerte.

BIBLIOGRAFIA

C. Alexander-S. Pearson, *Celebrating Charlotte Brontë. Transforming life into literature in Jane Eyre*, The Brontë Society, 2016

R. Barnard-L. Barnard, *A Brontë Encyclopedia*, Wiley Blackwell, Oxford 2013

J. Barker, *The Brontës. Wild genius on the moors: the story of a literary family*, Pegasus Books, New York 2013

J. Barker, *The Brontës: a life in letters*, Little Brown, London 2016

C. Boylan, *Emma Brown*, Abacus, London 2003

C. Bock, *Charlotte Brontë and the storyteller's audience*, University Press of Iowa, 1992, pp. 51-4

C. Brontë, *Emma*, flower-ed, Roma 2016

C. Brontë, *Jane Eyre*, Giunti, Milano 2007

C. Brontë, *L'Angelo della tempesta (Villette)*, Mondadori, Milano 2016

C. Brontë, *La storia di Willie Ellin*, flower-ed, Roma 2016

C. Brontë, *Villette*, Fazi Editore, Roma 2013

P. B. Brontë, *The Wool is Rising or the Angrian adventurer*, in V. A. Neufeldt, *The works of Patrick Branwell Brontë, 2. voll. 1834-6, Routledge Library Editions 2015*

R. Cagliero (a cura di), *Charlotte Brontë. Da Haworth ad Angria*, Coliseum, Milano 1987

L. Camaiora, *Charlotte Brontë's road to reality. Aspects of the preternatural in Jane Eyre and Villette*, EDUCatt, Milano 2013

C. Cecioni, *La narrativa di Charlotte Brontë*, Valmartina Editore, Firenze 1961

S. Colella, *Romanzo e disciplina. La narrativa di Charlotte Brontë*, Edizioni Scientifiche Italiane, Napoli 1966

A. Dinsdale - S. Warner, *The Brontës at Haworth*, Frances Lincoln Publishers, London 2006

L. Di Michele, *Jane Eyre, ancora*, Liguori, Napoli 2012

R. Fraser, *Charlotte Brontë. A writer life*, Pegasus Books, New York 2008

E. Gaskell, *La vita di Charlotte Brontë*, Castelvecchi, Roma 2015

W. Gérin, *Charlotte Brontë. The evolution of a genius*, Oxford University Press, Oxford 1967

S. Grosoli (a cura di), *Ho tentato tre inizi. Charlotte Brontë, lettere 1847-1853*, L'iguana Editrice, Verona 2015

B. Lanati, *Charlotte, Emily e Anne Brontë. Lettere*, Edizioni SE, Milano 2002

M. Lane, *La storia dei Brontë*, Rizzoli, Milano 1955

G. Lyndall, *Charlotte Brontë. Una vita appassionata*, Fazi Editore, Roma 2016

S. Mai, *La maschera e la visione. Jane Austen, Emily e Charlotte Brontë*, Edizioni Tracce, Pescara 2004

F. Marroni, *Come leggere Jane Eyre*, Solfanelli Editore, Chieti 2013

M. Monahan, *Ashworth: an unfinished novel by Charlotte Brontë*, in Studies in Philology, texts and studies, vol. LXXX, n. 4, University of North Carolina Press, Chapel Hill 1983, pp. 1-133

E. Passannanti, *I Brontë. Lettere*, Lulu Press, Salisbury 2015

C. Shorter, *The Brontës. Life and letters. Being an attempt to present a full and final record of the lives of the three sisters, Charlotte, Emily and Anne Brontë from the biographies of Mrs Gaskell and others, and from numerous hitherto unpublished manuscripts and letters*, Hodder and Stoughton, London 1908

M. Sinclair, *Le tre Brontë*, Liguori, Napoli 2000

G. Sonnino, *Tre Anime Luminose fra le nebbie nordiche. Le Sorelle Brontë*, flower-ed, Roma 2015

W. M. Thackeray, *Emma. L'ultima bozza*, Cornhill Magazine, aprile 1860

T. S. Wagner, *Charlotte Brontë's Ashworth: from adapted Angrian villains to recurring sibling pairs*, in *Charlotte Brontë from the beginnings. New Essays from juvenilia to the major works*, Ed. Pike &Morrison, London and New York 2017

T. Winnifrith, *New life of Charlotte Brontë*, Sprunger, London 1988

INDICE

Five Yards

Five Yards è la collana che ospita testi classici della letteratura inglese e americana in traduzione italiana.

Per scoprire il significato del suo nome dobbiamo tornare nel lontano 1830. In quell'anno, infatti, e precisamente il 15 settembre, fu inaugurata la linea ferroviaria Liverpool-Manchester. Il primo viaggio fu compiuto dalla locomotiva a vapore Rocket, realizzata dall'ingegner George Stephenson, considerato padre delle ferrovie a vapore britanniche, insieme a suo figlio Robert.

La ferrovia, la prima a collegare due città, si snodava persino tra gallerie, ponti e viadotti appositamente costruiti. Fu ideata per trasportare le merci che dal grande porto di Liverpool dovevano raggiungere Manchester, ma ben presto fu utilizzata come mezzo di trasporto per passeggeri.

Luke Herbert scrisse che "On the Manchester and Liverpool railway, the rails are each five yards in length..." (*The engineer's and mechanic's encyclopædia*, vol. II, Thomas Kelly, London, 1836).

Che quelle *five yards* siano dunque di buon auspicio, in quanto misura della rotaia che fu il cuore della rete ferroviaria britannica e di quella che, attraverso i libri, porterà flower-ed e i suoi lettori a percorrere nuove strade e a colmare notevoli distanze.

A.B. Clayton, Inaugural journey of the Liverpool and Manchester Railway, 1830.

Opere pubblicate

1. Charlotte Brontë, *La storia di Willie Ellin*, flower-ed 2016

2. Charlotte Brontë, *Emma*, flower-ed 2016

3. Charlotte Brontë, *Ashworth*, flower-ed 2017

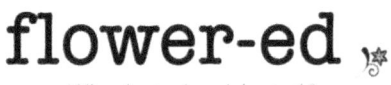

Stampato nel gennaio 2017
Casa editrice flower-ed
www.flower-ed.it

www.ingramcontent.com/pod-product-compliance
Lightning Source LLC
Chambersburg PA
CBHW071008280626

47160CB00015B/2062